A boneca de Kokoschka

COLEÇÃO ↘ GIRA

A língua portuguesa não é uma pátria, é um universo que guarda as mais variadas expressões. E foi para reunir esses modos de usar e criar através do português que surgiu a Coleção Gira, dedicada às escritas contemporâneas em nosso idioma em terras não brasileiras.

CURADORIA DE REGINALDO PUJOL FILHO

DE AFONSO CRUZ

Vamos comprar um poeta

A boneca de Kokoschka

Nem todas as baleias voam

Para onde vão os guarda-chuvas

Edição apoiada pela Direção-Geral do Livro,
dos Arquivos e das Bibliotecas / Portugal

A boneca de Kokoschka

Afonso Cruz

2ª IMPRESSÃO

Porto Alegre · São Paulo · 2024

Existem doenças infames, capazes de fazer do nosso corpo uma gaiola para a alma. *Parkinson plus* é uma das formas mais perversas de o Universo mostrar a sua crueldade medieval. Ou, como disse Lao Tsé, o Universo trata-nos como cães de palha.

Este livro é dedicado à minha mãe.

PRIMEIRA PARTE

A voz que vem
da terra

Aos quarenta e dois anos, mais concretamente, dois dias depois do seu aniversário, Bonifaz Vogel começou a ouvir uma voz. A princípio, pensou que fossem os ratos. Depois, pensou chamar alguém para acabar com os bichos da madeira. Alguma coisa o impediu. Talvez o modo como a voz lho ordenara, com a autoridade das vozes que nos habitam mais profundamente. Sabia que aquilo acontecia dentro da sua cabeça, mas tinha a estranha sensação de que as palavras vinham do soalho, passando-lhe pelos pés. Vinham das profundezas e enchiam a loja de pássaros. Bonifaz Vogel usava sempre sandálias, mesmo no Inverno, e sentia as palavras deslizarem pelas unhas amareladas e pelos dedos encolhidos pelo esforço de sentir frases inteiras a baterem contra as plantas dos seus pés, a treparem-lhe pelas pernas brancas e ossudas e a ficarem retidas na cabeça graças ao chapéu. Experimentou várias vezes tirá-lo por uns segundos, mas sentia-se despido.

Os cabelos de Bonifaz Vogel, muito macios, estavam sempre penteados, muito brancos, cercados por um chapéu de feltro (que alternava com outro chapéu mais fresco, para usar no Verão).

Passava os dias sentado numa cadeira de palhinha que um tio lhe trouxera de Itália.

O *duce* sentou-se nela, tinha-lhe dito o tio.

No dia em que recebera a cadeira, de presente de aniversário, Bonifaz Vogel sentou-se nela e gostou, achou-a confortável, era uma boa peça de mobiliário, com uns pés fortes. Pegou nela, alçou-a por cima da cabeça e levou-a para a loja de pássaros. Um papagaio assobiou quando ele passou, e Vogel sorriu-lhe. Pousou a cadeira junto aos canários e sentou-se debaixo dos trinados, deixando-os preencherem a sua cabeça de espaços vazios. Quando os pássaros cantavam com mais intensidade, Bonifaz Vogel mantinha-se quieto, com medo de, ao levantar-se, bater com a cabeça nos trinados mais bonitos.

Tinha medo de partir os trinados mais BONITOS.

Deixou a cabeça do amigo uma eternidade para trás

Isaac Dresner estava a brincar com o seu melhor amigo, Pearlman, quando um soldado alemão apareceu, entre uma esquina e uma bola à trave. O soldado trazia uma arma na mão e deu um tiro na cabeça de Pearlman. O rapaz caiu com a cara em cima da bota do pé direito de Isaac Dresner e, por uns segundos, o soldado olhou para ele. O homem estava nervoso e suava. Tinha a farda impecavelmente limpa, de uma cor muito próxima da morte, com insígnias pretas, douradas, brancas e vermelhas. O pescoço retilíneo, branco-amarelado, mostrava duas artérias azuis, perfeitamente nazis, que brilhavam com o suor. A cor dos olhos não era visível porque o soldado os tinha semicerrados. O tronco sólido mexia para cima e para baixo com uma respiração difícil. O homem apontou a arma a Isaac Dresner e esta, silenciosamente, não disparou: estava encravada. A cabeça de Pearlman rolou da bota de Isaac para o chão, para um ângulo impossível, abstrato, fazendo um estranho barulho ao bater na estrada. Um som quase inaudível, daqueles ensurdecedores.

Nos ouvidos de Isaac Dresner passava-se o seguinte:

1 – **Respiração do soldado.**
2 – **O som da Mauser a não disparar.**
3 – **O som quase inaudível da cabeça do seu melhor amigo, Pearlman, a escorregar da sua bota direita e a bater no chão.**

Isaac desatou a correr rua abaixo, com as suas pernas fininhas, deixando a cabeça do amigo para trás (uma eternidade para trás). O soldado voltou a apontar a arma e a disparar. Não acertou em Isaac, que corria com as suas botas encharcadas em sangue e memórias mortas. Três tiros assobiaram mesmo ao lado da alma de Isaac Dresner, mas bateram nas paredes do gueto.

A cabeça de Pearlman, apesar de ter ficado uma grande eternidade para trás, ficou para sempre presa ao pé direito de Isaac, através dessa corrente de ferro que prende uma pessoa a outra. Era esse o motivo por que coxeava ligeiramente e haveria de o fazer pela vida fora. Cinquenta anos depois, Isaac Dresner ainda puxaria o peso daquela cabeça longínqua com o seu pé direito.

Isaac continuou a correr, desviando-se do destino que assobiava ao seu lado

Isaac Dresner continuou a correr, desviando-se do destino que assobiava ao seu lado. Dobrou várias esquinas, deixando o soldado para trás, e entrou na loja de pássaros de Bonifaz Vogel. O seu pai construíra, uns anos antes, uma cave naquela loja. Isaac tinha-o acompanhado e vira aquele espaço escuro a crescer debaixo da terra. Então percebera que:

A construção de edifícios não se limita a tijolos empilhados e pedras e telhados, também são espaços vazios, o nada que cresce dentro das coisas como estômagos.

Ofegante, Isaac abriu o alçapão — sem que Bonifaz Vogel reparasse — e entrou como água pelo ralo. Ficou ali dois dias, saindo apenas à noite para beber água do bebedouro dos pássaros (não tinha visto a torneira, apesar de ser evidente) e comer alpista. Ao terceiro dia, não aguentava mais:

— Dê-me de comer, Sr. Vogel. E traga um penico.

Bonifaz Vogel, sentado na sua cadeira de palhinha,

apurou o ouvido. Estava a ouvir vozes. Foi nesse momento que começou a ouvir vozes. O som entrava-lhe por entre as pernas e as calças e chegava-lhe aos ouvidos com um timbre de criança, como um gato quando o chamamos, aos ésses por entre as coisas. Isaac Dresner repetiu o pedido — da segunda vez era quase uma ordem — e Vogel levantou-se para ir buscar comida. Isaac mandou-o pousar o tabuleiro junto ao balcão. Ficou contente quando, à noite, viu um prato de papas de aveia e alguns rebuçados. Também havia um penico.

BONIFAZ era COMO UM CRISTAL numa loja de elefantes.

Bonifaz Vogel no meio da guerra, sentado numa cadeira de palhinha, era como um cristal numa loja de elefantes

O pequeno — invisível — judeu passou a viver naquela cave escura, debaixo do soalho, e passou a ser apenas uma voz. Bonifaz Vogel vivia com as palavras que ele lhe dizia através do chão da sua loja de pássaros.

Dizia-lhe: Sr. Vogel, ponha rebuçados no chão, junto ao balcão, debaixo da prateleira da alpista. E ele assim fazia. Baixava-se e, com cuidado, depositava uns rebuçados em cima de papel de embrulho no local indicado e pousava o penico devidamente lavado. Dizia uma prece, que era só um bichanar, sem palavras, com aquela intimidade das orações. E depois benzia-se, ficando uns segundos solenes a olhar para os rebuçados.

Um dia, tomou a iniciativa de juntar uns ossos de choco, dos que dava aos pássaros, mas a voz não gostou.

O horizonte mesmo do outro lado da rua

Bonifaz Vogel acordava sempre muito cedo e, com uma precisão maquinal, vestia-se, penteava-se e punha o chapéu. Andava sempre de chapéu: tinha um de feltro e outro de palhinha (para usar no Verão). Bonifaz Vogel costumava dizer que eram umas palhinhas como as da sua cadeira, aquela que servira de sustentáculo a um ditador. Comia um pouco de pão e bebia chá. De seguida, dirigia-se para a loja, usando o seu cabelo macio, todo branco como o peito de uma gaivota, levando as mãos nas algibeiras ou segurando os suspensórios cinzentos ou castanhos. Tirava o chaveiro do bolso de fora do casaco e abria a porta da rua, virando a placa que dizia FECHADO, transformando-a na placa que dizia ABERTO. Depois fazia uma saudação meio nazi, mesmo quando a rua estava deserta, mesmo quando a rua estava cheia. Procurava, no seu enorme chaveiro, a chave mais pequena, demasiado enferrujada, mas funcional, e abria o armário que servia para arrumar a esfregona e a lixívia. Atrás do balcão enchia um balde com água e começava a limpar a loja. Era uma atividade que lhe preenchia a manhã toda: lavava todas as gaiolas, o chão e as paredes. Fazia-o com devoção, como se fosse ele que estivesse a tomar banho. Limpava todas as pregas da loja, todas as axilas, as virilhas e os lugares mais escondidos. Parava algumas vezes para descansar e isso implicava sentar-se muito quieto debaixo dos trinados dos canários. Os seus olhos ficavam pendurados no horizonte, que era, para ele, mesmo do outro lado da rua.

Pássaros disfarçados

— O Schwab é um aldrabão — acusou Isaac. — O que ele lhe vende, Sr. Vogel, são pardais pintados de amarelo. Não são canários.

Bonifaz Vogel encolheu os ombros. A sua cabeça, dissera-lhe um professor de Alemão, era composta de reticências cranianas. Isaac Dresner começou, a partir desse dia de pássaros pintados, a ajudá-lo a fazer os negócios.

Vogel, quando tinha dúvidas sobre o preço dos bengalins-do-japão, por exemplo, ia para trás do balcão, baixava-se (o cliente deixava de o ver) e, com o ouvido encostado ao soalho, sussurrava qualquer coisa como se falasse com alguém. Depois endireitava-se, sacudia o pó das calças e repetia com a sua voz o que a voz lhe tinha dito tão baixinho. As pessoas achavam esse comportamento normal, não esperavam outra coisa de Vogel, um homem cheio de reticências cranianas. Este dizia um preço e o cliente outro, depois, se fosse preciso, baixava-se mais uma vez, descia até ao soalho onde a voz se fazia ouvir pelas frestas do chão. Erguia-se de novo, sacudia o pó dos joelhos e, com um preço irrecusável, o negócio chegava ao fim. Enquanto o cliente se afastava, Vogel encostava-se à porta da loja, esfregando a orelha encarnada de ter estado encostada ao chão, visivelmente cansada de ouvir vozes. Depois, muito devagarinho, contava as notas que os pássaros lhe haviam rendido. Nunca se interrogara por que motivo, em tempo de guerra, havia pessoas a comprar bengalins.

Porque suava,
fazia calor

Isaac não compreendia Bonifaz Vogel: um homem maduro, proprietário de uma loja de pássaros e de quase três chapéus, que parecia uma criança, uma criança duvidosa. Isaac Dresner contava-lhe histórias do rabi Nachman de Breslov para ver se o educava, mas Bonifaz Vogel tinha uma cabeça composta de reticências cranianas. E era um homem sem futuro e sem passado. O tempo passava por ele como a água do banho. O passado e o futuro eram conceitos muito pouco lineares, não eram uma seta passado/futuro como para a maior parte de nós. Muitas vezes, quando Bonifaz Vogel suava, não era por causa do calor, mas sim porque estava calor. Isso faz toda a diferença. Outras vezes, não via relações causais nas coisas, mas simultaneidade. Outras ainda, via o tempo ao contrário, como uma camisa do avesso: dizia que fazia calor porque estava a suar. A causa do calor era o seu suor. A sua relação com o mundo e com o tempo podia ser vivida de três maneiras: *a*) suava quando fazia calor, sem qualquer relação causal, mas apenas simultaneidade, ou *b*) suava porque fazia calor (que é, aliás, o sistema que costumamos usar para interpretar os fenómenos que acontecem à nossa volta, uma explicação causa/efeito), ou, ainda, *c*) porque suava, fazia calor (uma maneira de ver as coisas que Aristóteles não aprovaria).

O

Bonifaz Vogel respirava sobretudo pela boca, e era esse o motivo pelo qual a tinha sempre aberta. Como a letra "o", ou melhor, como a letra "o" grande:

As pessoas diziam que ele era estúpido e ele concordava acenando com a cabeça e passando os dedos no queixo. Toda a gente à sua volta tinha razão e ele era uma ilha no meio daquela racionalidade, um hífen entre duas palavras, um elo perdido. No fundo, toda a evolução das espécies se sustenta em hífenes, em elos perdidos e achados. E Bonifaz Vogel era uma ilha sentada numa cadeira de palhinha onde o *duce* já se havia sentado.

O Universo é uma combinação de letras

A voz que Bonifaz Vogel ouvia vinda do chão, como plantinhas a crescer, contava muitas coisas. Isaac Dresner encostava a boca ao teto da cave e deixava que as frases mais gordas se apertassem pelas frestas da madeira do soalho e se alargassem pela loja de pássaros, se entrevassem no corpo de Bonifaz Vogel.

— Um mendigo — diziam as palavras que se espremiam através das frestas — era sempre atendido nas suas preces, e um rabino, ao ver que assim era, perguntou-lhe como é que ele fazia. Como era possível que todas as suas preces fossem atendidas? O mendigo disse-lhe, ao rabino, que não sabia ler nem escrever, por isso recitava o alfabeto, limitava-se a dizer as letras, umas a seguir às outras, e pedia ao Eterno que as organizasse da melhor maneira possível.

Bonifaz Vogel esfregava a orelha depois de cada história sem dar mostras de ter entendido, mas, a partir daquela anedota, passou a rezar só com letras, sem palavras e sem bichanar. As suas preces passaram a ser o alfabeto. Para melhorar os efeitos da oração, Isaac ensinara-lhe a dizer as vinte e duas letras hebraicas.

— É melhor falar a Adonai na sua própria língua — dizia-lhe Isaac Dresner —, que é, como todos sabem, o hebraico. Evitam-se traduções menos fiéis.

E aquelas vinte e duas letras era tudo o que era preciso, garantia Isaac debaixo do soalho. Deus faria o resto. Lá em cima, o que Ele faz é jogar *scrabble*. As pessoas dão-lhe umas letras, julgam que sabem o que querem, mas não sabem, e Deus, com aquelas peças, reorganiza tudo e faz novas palavras. Tudo se resume a um jogo de salão.

E Deus nem é um grande jogador, como se pode ver pelas bombas que caem lá fora.

Luftwaffe

Sentado na cadeira de palhinha, Bonifaz Vogel chorava algumas vezes. A sua família nunca fora muito grande, mas agora tinha desaparecido. Helmer, que era seu tio, Lutz, que era seu pai, Karl, que era seu primo, Anne, que era sua mãe, estavam todos mortos pelas bombas e agora era ele que tinha de tomar conta da loja de pássaros.

Anne Vogel era uma mulher completamente mãe, muito protetora. Bonifaz passava muitas horas parado, sentado com as costas direitas, com a boca aberta e com as mãos apoiadas nos joelhos, a ver a mãe tratar da casa. Anne Vogel tinha sempre o cabelo apanhado e um ar muito doce, como se não existissem guerras. Lutz Vogel, o pai de Bonifaz, tinha o ar oposto: de lábios e olhos cruéis e orelhas pequenas, canídeas no modo como saíam da cabeça, sem lóbulos nenhuns. Bonifaz gostava daquela cara marcial que coroava um corpo barrigudo, um corpo que gostava de cerveja de trigo e de dar pontapés aos familiares mais chegados.

Lutz Vogel explodiu — enquanto fumava um charuto no sofá da sala (no dia 7 de Outubro de 1944) —, juntamente com a mulher e o irmão. Tinham caído, nesse dia, cerca de setenta toneladas de bombas. Bonifaz não morreu nessa data porque não estava em casa, tal como o seu primo Karl, que também não sucumbiu sob o peso dessas bombas: Karl tinha morrido um ano antes, durante a Batalha de Estalinegrado.

O tio de Bonifaz, Helmer Vogel, era um homem grande, maior do que o irmão, mais barrigudo e com feições mais cruéis. Mas comportava-se de um modo completamente diferente, muito sentimental, muito delicado, chegando mesmo a gostar do sobrinho e a manifestar algum afecto por ele. Acontecia, com frequência, Helmer Vogel tirar o chapéu a Bonifaz e passar-lhe a mão pela cabeça. Um dia, chegou mesmo a dar-lhe uma cadeira.

Helmer (1903-1944)
Anne (1874-1944)
Lutz (1867-1944)
Karl (1908-1943)

O seu gato gordo, que se chamava Luftwaffe, também não sobreviveu às explosões,

Luftwaffe (1935-1944)

o que foi uma grande perda para Vogel. Dormia sempre com ele e tinham uma relação de igual para igual. Por vezes, fazia-lhe carícias tão profundas que o gato gemia de dor. Bonifaz tinha vontade de o espremer, e isso nunca chegara a ser fatal porque Anne Vogel intervinha. Ele tinha momentos de grande emoção, comoção, que envolviam pessoas que o circundavam ou gatos ou amigos ou visitas. Agarrava Luftwaffe com as mãos silenciosas e abraçava-o com todo o seu corpo alemão. O gato tentava fugir, mostrando unhas e dentes, até a mãe de Bonifaz o salvar daquele afecto todo. Anne Vogel dizia-lhe para ter cuidado: os afectos magoam muito. Os outros morrem, mas quem sofre somos nós.

Quando o prédio onde vivia com a sua família explodiu, Bonifaz mudou-se para o andar por cima da loja de pássaros. Um pequeno apartamento, perfeitamente funcional, que servia de escritório. A mãe de Bonifaz tinha toda a razão.

Bonifaz Vogel vivia
no meio de metáforas

Numa loja de pássaros é onde se concentram mais gaiolas. Não há lugar nenhum no mundo construído com tantas restrições como uma loja de pássaros. São gaiolas por todo o lado. E algumas estão dentro dos pássaros e não por fora, como as pessoas imaginam. Porque Bonifaz Vogel, muitas vezes, abrira as portas das gaiolas sem que os canários fugissem. Os pássaros ficavam encolhidos a um canto, tentando evitar olhar para aquela porta aberta, desviavam os olhos da liberdade, que é uma das portas mais assustadoras. Só se sentiam livres dentro de uma prisão. A gaiola estava dentro deles. A outra, a de metal ou madeira, era apenas uma metáfora. Bonifaz Vogel vivia no meio de metáforas.

Vogel ficava a olhar para aquelas aves e pensava na família que tinha explodido juntamente com os tapetes persas da sala e o relógio de cuco. Onde estariam agora? Isaac Dresner, debaixo do chão de madeira da sua cave, falava de Deus, e Bonifaz Vogel não compreendia por que motivo haveria Deus de querer o seu primo Karl perto d'Ele. E Isaac Dresner também não sabia explicar o relógio de cuco. Se uns vão não sei para onde, para onde vão os relógios suíços?

As lágrimas caíam-lhe pelas caras que fazia em cima da cadeira de palhinha e a voz subia-lhe pelas pernas contando-lhe a história do mendigo que rezava o alfabeto.

Bonifaz Vogel rezava assim:

Alef, bet, gimel, dalet, he, vav, zayin, het, tet, yod, kaf, lamed, mem, nun, samekh, ayin, pe, tsadi, qof, resh, shin, tav. Ámen.

Baloiçava o corpo de trás para a frente e só parava quando um cliente lhe tocava no ombro perguntando o preço das catatuas. Bonifaz Vogel, mesmo assim, recitava o alfabeto até ao fim, não fosse Deus sentir falta de certas letras. A seguir dizia o preço das catatuas. O cliente regateava e ele baixava-se, encostava o ouvido ao chão de madeira, por trás do balcão, e escutava aquela voz. Parecia que Vogel se prostrava de uma forma distorcida, levantando-se de seguida com uma contraproposta enquanto sacudia o pó dos joelhos. Mesmo entre bombas, havia quem quisesse catatuas.

Bonifaz Vogel vivia no meio de metáforas.

A porta do Paraíso é a boca de um frasco

Vogel punha, todos os dias, comida atrás do balcão, seguindo as ordens daquela voz. Punha uma tigela de sopa de verduras — às vezes, eram urtigas e borragem —, arroz, pão, fruta e rebuçados. Isaac Dresner, quando a loja estava escura e fechada, saía do seu esconderijo para comer. Havia sempre alguns rebuçados porque as bombas não tinham atingido o pote onde a mãe de Vogel os guardava. O pote mantivera-se ileso em cima de um murete da cozinha onde também havia um pequeno aquário. O peixinho vermelho não sobrevivera à guerra, mas o frasco gordo, com tampa branca, muito pesado, teve mais sorte.

— A porta do Paraíso é a boca de um frasco — disse Isaac. — Era o que o meu pai me dizia: a boca de um frasco. Sabe porquê, Sr. Vogel? Por causa do macaco. Imagine um frasco de nozes. O macaco não tem dificuldade em meter lá a mão, mas, quando pega nas nozes, não consegue tirá-la. Terá de largar as nozes

para ser livre. E o Paraíso é assim, temos de deitar fora as nozes e mostrar as nossas mãos vazias.
— Há que evitar as nozes — dizia Bonifaz Vogel.
— Isso. As nozes é que não nos deixam ser livres. São as nossas gaiolas, Sr. Vogel.

Em resumo,
O livro do êxodo

Influenciado pelo escuro, Isaac Dresner recitava a Torá (porque era a única luz que tinha, dizia ele), recitava o mais que podia, exercitava a memória, dizia as palavras da Torá exatamente como ela tinha sido escrita, sem alterar uma vírgula. Neste caso, o *Êxodo*:

— O faraó oprimia os hebreus e punha-os em campos de trabalho, obrigando-os a construírem cidades chamadas Pitom e Ramessés. Eram grandes cidades invisíveis que faziam parte do sonho do faraó. Nesse sonho, ele viu-se ameaçado e mandou atirar os recém-nascidos hebreus para o rio, pois temia pelo seu trono. O inimigo do faraó foi criado num sonho. Se o faraó não tivesse sonhado com Moisés, este não teria sido abandonado nas águas do rio e não se tornaria Moisés. Já ouviu falar em Édipo, Sr. Vogel? Esse também criava o futuro através dos seus sonhos confusos. Outra coisa que o faraó não sabia, mas que todos devemos saber, é que os nossos inimigos não são recém-nascidos hebreus nem outras pessoas nem estão fora de nós. A prova disso é que, quando Moisés foi abandonado às águas, foi a mulher do faraó que o recolheu e o criou e o adotou como filho. O inimigo vive dentro da nossa casa e aquilo que mais tememos, que mais nos ameaça, é precisamente aquilo que está mais perto de nós (dentro de nós, dentro desta casa que é o nosso corpo) e que criamos, nutrimos, educamos, a que contamos histórias, damos de beber e de comer. Fazemos isso aos nossos vícios, Sr. Vogel, aos nossos vícios. Está a seguir-me? Não adianta andarmos à procura do Mal fora de nós. Temos de olhar cá para dentro, e isso faz-se muito facilmente: se, para vermos o que está fora, abrimos os olhos, para vermos o que está dentro, fechamo-los com força.

— Não os fechamos para dormir, mas para ver — disse Bonifaz Vogel.

— Isso, Sr. Vogel. Para ver. Mas adiante: Moisés, um dia, matou um egípcio quando, julgava ele, não estava ninguém a ver. Mas o Eterno está sempre a ver, tem os olhos fechados para dentro, pois tudo o que existe existe dentro d'Ele. Ele vê as coisas com os olhos fechados e nós somos este espaço entre o sonho e o pesadelo. O que o Eterno não vê não existe, está mais do que provado cientificamente. Não existem cães azuis, como poemas, porque nunca ninguém viu um cão azul. Se um dia alguém visse um cão azul, então os cães azuis passavam a existir. Tudo isto é perfeitamente científico. Mas avancemos na história: Moisés teve de fugir. Não fugia do faraó, mas dele mesmo. O texto diz que era o faraó que o perseguia, mas antes também disse que, aquando do crime, não havia ninguém a ver. Ora, se não havia ninguém a ver, Moisés só poderia ser perseguido pela sua consciência, que é o faraó mais eficiente de todo o nosso Egito. Por isso, Moisés foi viver com Jetro, que era sacerdote de Madiã e vivia no deserto. É para lá que vai todo o homem que é perseguido pelo faraó. Vai para um lugar onde não haja ninguém à volta, exceto o seu desespero e o seu faraó pessoal. O deserto não é um espaço de areia, é um espaço de culpa. E, assim, Moisés casou-se com a filha de Jetro, que se chamava Séfora. Um dia, enquanto apascentava as ovelhas de Jetro, vê o Eterno, que era uma sarça que queimava sem se consumir. O oposto dos homens cuja alma vai consumindo o corpo até se apagar, pois o corpo, dizia o meu pai, é um tarolo de madeira e a alma é o fogo que se desprende desse tronco. Ali, naquela sarça, estava a eternidade definida assim: um fogo que não precisa de combustível. Tudo no Universo é dependente de tudo e não há nada independente. Exceto aquele fogo que não precisava de nada para existir. Moisés ficou muito admirado com aquilo e o Eterno disse para ele se descalçar. Foi o que ele fez. E depois disse: "Eu sou o Senhor de Abraão, Isaac e Jacob". Repare, Sr. Vogel, que Ele não disse que era o Senhor, simplesmente. Ele disse aquilo assim, desse modo mais complicado, nomeando tanta gente para mostrar que, apesar de todos o verem de modo diferente, Ele é Um. Abraão viu uma coisa, Isaac outra, Jacob outra. Mas o objeto da sua visão era o mesmo. Ele poderia ter dito simplesmente que era quem era e mais nada, mas vai de nomear patriarcas, como se precisasse de se justificar. Ora da sarça saía aquela voz que parecia bombas a cair e que se ouvia como se viesse do chão, de uma cave. E criticava os egípcios que maltratavam os hebreus, obrigados a construir cidades invisíveis feitas do fumo dos seus corpos. Em resumo, incumbiu Moisés de libertar aquele povo oprimido. E esse povo era como os pássaros desta loja. Quando a gente lhes abre a portinhola, eles não levantam voo, antes se encostam às grades. Quando Moisés quis levar o povo, quando o quis libertar, o povo não quis. Dizia esse povo, acorrentado e escravizado, que estava tudo bem, que tinham comida e isso. Diziam-no cheios de correntes no corpo e cheios de correntes na alma. Moisés teve praticamente de os obrigar e ouviu as suas queixas todos os dias. E porque é que Moisés levou quarenta anos a atravessar uma região que não demoraria mais de uma semana a ser atravessada? Porque a Terra Prometida não era um lugar no espaço e Moisés queria que eles compreendessem que a Terra Prometida é um caminho, é uma terra que está onde está um homem que a deseja. Os hebreus a caminhar levavam a Terra dentro de si, eles é que eram a Terra, a andar ali às voltas pelo deserto. Mas não compreenderam e, ao cabo desses quarenta anos, Moisés desistiu. Resolveu dar-lhes uma terra que não era a Terra Prometida, pois essa está onde os homens estão e não num mapa ou em qualquer ponto geográfico. Por isso o Eterno quis que Moisés morresse antes de pisar essa terra. Era uma última mensagem para o povo: aquela Terra só se pisa com a alma, não é com os pés. Moisés foi o único a pisar a Terra verdadeira, os outros pisavam uma ilusão.

Moisés era
todas as mães

Sempre que contava o *Êxodo*, Isaac pensava noutra interpretação da morte de Moisés:

Moisés é como a minha mãe. Morreu antes de ver a Terra Prometida, morreu antes de me ver crescer e dar frutos. Agora estou debaixo da terra como as sementes, mas um dia hei-de florir. Lembro-me muito bem dos seus olhos todos feitos de lágrimas, a olharem para mim através daquela dor tão grave que era saber que não iam ver a coisa mais bonita do mundo a crescer, que sou eu. Mas o que é que se pode fazer contra a febre tifoide? E é esta a história de Moisés. Moisés era todas as mães.

Só ficou o espaço
da boca aberta

Isaac Dresner dizia que era um grilo para ele. E que ele, Bonifaz Vogel, era um boneco de madeira. Um golem, dizia Isaac Dresner, um golem.

— Sabe, Sr. Vogel, sempre quis ter um golem, um homem artificial. Um amigo, no fundo. Um dia, tentei fazer um com barro. Dei-lhe forma e defini a sua altura (tinha de caber debaixo da minha cama). Então abri-lhe a boca e escrevi o nome do Eterno. Ele ficou assim, de boca aberta como a sua, Sr. Vogel, admirado pelo sabor do Nome. Pus-lhe dois olhos de peixe a fazerem de olhos, mas depois substituí-os por esferas de rolamentos da oficina do meu pai. No tronco desenhei duas linhas que dividiam o golem em três partes: a cabeça, o tórax e o ventre. Na cabeça escrevi a letra *shin*, no tórax a letra *alef* e no ventre a letra *mem*. A primeira é o fogo, a segunda é o ar e a terceira é a água. A razão disto estava toda escrita no *Sefer Yetzirah* e na Natureza que anda à nossa volta. A água desce, por isso está em baixo, no ventre e nas entranhas da

Terra. O ar está no tórax, está à nossa volta, e o fogo está na cabeça. Porque o fogo sobe sempre, é o contrário da água, não se podem ver, precisam que haja ar pelo meio. As outras crianças tinham bonecos que despiam e vestiam, loiros e de olhos azuis e corpo de papel, e eu tinha um homem de barro, com braços de terra e cabeça de terra e tronco de terra. E letras hebraicas espalhadas pelo corpo e linhas que as uniam e desuniam. Mas o homúnculo não falava comigo, nem um sim nem um não, apesar de parecer ter vontade, com aquela boca aberta. Quando olhava para ele, via-lhe a hesitação. Tenho a certeza de que o Nome se havia espalhado pelo barro, o havia ensopado. Por isso não percebia por que motivo ele não se mexia como nós fazemos. Tive pena dele, com aquela Palavra presa dentro daquele corpo nu. Fui perdendo as esperanças de que ele, a certa altura, saísse de baixo da cama e desatasse a contar histórias do rabi Nachman. Por isso, um dia, desfiz o barro, separei os braços, as pernas, a cabeça, dividi o tronco e apaguei as letras da sua pele. Só ficou o espaço da boca aberta, um "o" muito grande. Foi como esta guerra: a Humanidade feita em pedaços, onde apenas sobra o assombro de uma boca aberta.

Os vivos foram ficando cada vez mais mortos

Entre 13 e 15 de Fevereiro de 1945, caíram umas três mil ou quatro mil toneladas de bombas. Muito mais do que em Outubro do ano anterior, nos bombardeamentos que visaram a família de Bonifaz Vogel. Naqueles dias de Fevereiro, Dresden desfez-se. Havia uma bomba para cada dois habitantes e o centro chegou a exibir mais de mil e quinhentos graus centígrados. O fogo alastrou-se pela cidade com os seus braços estendidos e com os dedos finos que entram em todo o lado, pelas portas fechadas, por janelas altas com grades, pelos corpos mais virtuosos. Os vivos foram ficando cada vez mais mortos, eram largos milhares de civis, estendidos pelo chão, pelo ar, com os corpos dilacerados e divididos em pedaços, em peças inúteis. Um *puzzle* para Deus. Teria de juntar os dentes agarrados às paredes, os caninos, os molares, os incisivos, e ainda os ossos espetados no chão como bandeiras definitivas. Quilómetros de peças difíceis de conjugar, um quebra-cabeças imenso, com níveis de dificuldade fascistas. Havia corpos encolhidos pelo fogo, de alemães encorpados e cabelos loiros, que agora eram do tamanho de recém-nascidos, enrolados sobre si mesmos em circunferências, brancos como o leite. O fogo torna as coisas negras, mas, quando insiste, elas ficam brancas. As sereias continuavam a tocar.

— A vida é construída de peças mortas — disse Isaac Dresner. — Uma série de coisas sem vida, quando juntas, dão um ser vivo. Juntamos moléculas e aparece uma célula. É esse o trabalho do Eterno: juntar coisas mortas e fazer uma coisa viva. Juntamos mortes com mortes até surgir o impossível. É como friccionar dois pauzinhos mortos e aparecer fogo (que são pauzinhos cheios de vida).

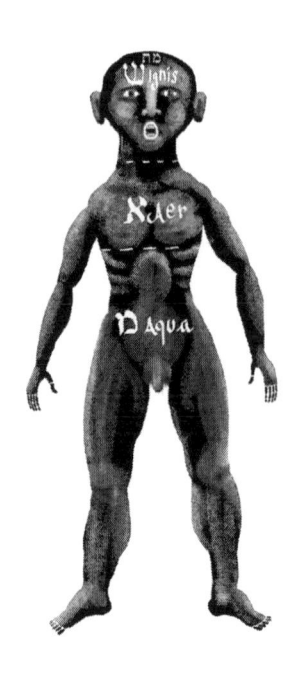

O sorriso de um filho encaixa em que articulação?

E há as memórias, estilhaçadas, espetadas contra as paredes, sentimentos que são mais difíceis de interpretar do que braços. Um braço esquerdo é um braço esquerdo, mas o sentimento é esquivo. O sorriso de um filho encaixa em que articulação?, perguntará Deus a refazer o Homem para a ressurreição. Há memórias que não cabem no corpo. O sorriso de um filho é uma peça de um *puzzle* maior do que o *puzzle* a que pertence. E Dresden era peças, não só de cimento e ossos, mas de almas, uma confusão de matéria e espírito, uma sopa muito pouco cartesiana.

— Dresden é um *puzzle* — disse Isaac Dresner — feito de infinitos estilhaços, peças incontáveis.

Os pássaros estão estragados

Bonifaz Vogel olhava para os prédios e contava as janelas intactas. Isso distraía-o e ele dizia aqueles números em voz alta para que o Universo ouvisse.

Os pássaros estavam mudos. Todos calados nas suas gaiolas.

— Os pássaros estão estragados — disse Bonifaz Vogel.

— Não se pode cantar quando o mundo está desfeito nestas cinzas todas — disse a voz.

— Ninguém vai querer comprar pássaros que cantam em silêncio.

— Tem toda a razão, Sr. Vogel, mas que fazer?

— Eu sei umas canções. É preciso voltar a ensinar os pássaros a cantar.

Popa e Tsilia

— 1 —

O quadro estava quase terminado e Tsilia começou a vestir-se. Tinha o corpo gelado, mas não do frio (que era bastante, era inúmero), era de olhar para o seu reflexo no espelho da sala de Franz Ackerman. A casa era muito grande, com uma lareira imensa. Três longas janelas abriam-se para o frio que fazia em todo o lado. A cidade estava repleta desse frio e do barulho dos aviões.

O reflexo que Tsilia Kacev via no espelho não era um corpo frio, mas uma vida que era como um corpo frio. Depois desse momento de ponderação e tristeza, vestiu-se depressa. O vestido verde, irremediavelmente velho, a agonizar, acentuava-lhe a cor da pele — que era avermelhada — e dava-lhe um ar estranhamente saudável. Deu uns passos em frente, em direção ao pintor, e olhou para o quadro. Era abstrato. O seu olhar era abstrato. Ackerman passou-lhe a mão pela cabeça.

— Não é a minha melhor obra, mas não está nada mal. Tem espírito. Repara no olhar: não te parece ambíguo, como as palavras da tua Torá?

Tsilia encolheu os ombros.

— O meu nariz está muito diferente.

Franz Ackerman serviu-se de um copo de *Schnaps* e bebeu-o de um trago.

— É a maneira como o vejo. Tu vês de uma maneira e eu de outra. É assim que nós somos milhares de corpos diferentes. O nosso corpo depende muito dos olhos dos outros. Se pudesses juntar todas as opiniões sobre ti mesma, estarias muito próxima da visão de Deus.

— Quando olho para a pintura, não entendo se estou retratada de lado ou de frente. Vejo as minhas duas mamas, que parecem uns olhos muito abertos. Não me parece real.

— O que não é real é retratar as coisas apenas de um ângulo. Quando penso em ti, não é só de frente ou apenas deitada ou de costas ou a andar. A verdade tem muitas perspectivas. Se nos limitamos a uma, estamos muito próximo do erro absoluto.

— Os meus olhos parecem dois peixes.

— É porque vemos o mundo de dentro de um aquário.

— 2 —

Tsilia atirou o seu corpo contra Franz Ackerman. Não tinha qualquer razão lógica para o fazer. Ackerman protegia-a e tratava-a como um ser humano. O pintor caiu junto à mesa, fazendo cair a garrafa de *Schnaps* em cima da paleta de óleos. Tsilia agarrou num casaco. Ele olhou-a, admirado, com uns olhos azuis muito abertos, enquanto a via sair pela porta de casa. Não irá muito longe, pensou ele.

Tsilia andou pelas ruas como uma alemã, mas com os braços cruzados à frente do corpo por causa do frio. Olhava para o chão e via os seus pés, os seus sapatos de couro castanho, e isso vazava a sua mente de outros pensamentos. De vez em quando, olhava para cima e nunca parava, com medo de parecer hesitante. Tinha de andar sem parar, como se soubesse perfeitamente para onde ia.

Quando se cansou, sentou-se num banco de pedra junto ao Rio Elba. Sentiu uma fome imensa e vontade de voltar para casa de Ackerman. Interrogava-se porque havia saído assim. Foi quando as bombas começaram a cair (cerca de incontáveis quatro mil toneladas). As pernas de Tsilia tremiam e isso fazia tremer o chão.

— 3 —

Mathias Popa pegou num pedaço de vidro partido. As suas mãos sangravam da força com que agarrava aquele vidro. O soldado não chegou a perceber o que acontecera. Caiu de joelhos antes de cair no infinito da morte, com o pescoço a abrir-se numa guelra de peixe. Tinha a boca muito aberta, a tentar respirar, mas faltava-lhe o ar. Tudo isto acontecia com serenidade, como se não quisesse incomodar o Universo. Popa tirou a Luger do cinto do soldado, prendendo-

-a nas calças. Cuspiu para cima do corpo que ainda respirava e a sua saliva escorreu pela face esquerda do soldado moribundo, entrando lentamente pela boca muito aberta. Como um "o" muito grande.

Os olhos do soldado pareciam dois peixes, pensou Popa.

Saiu do armazém onde se escondia há mais de dois meses. Não podia continuar ali. Caminhou com cautela e atravessou um pequeno bosque. À noite, com todo o cuidado, dirigiu-se para o centro, pois estava faminto. Viu uma patrulha ao longe e desceu até ao rio.

— 4 —

Vemos o mundo de dentro de um aquário. Nunca vemos o mar, pensava Tsilia. Mas isso é porque vivemos em Dresden. Tsilia pretendia comprar um fato de banho azul para se camuflar nas águas do mar. Tudo azul como um céu pesado, caído por terra. Nadaria nesse céu grave e salgado, um céu que caiu por terra. Diz a Torá que havia duas águas, uma em cima e outra em baixo. Dois mares: um leve, feito de ar, outro pesado, feito de água. Por cima estava o fogo. E em Dresden o fogo estava por todo o lado.

Levantou-se do banco de pedra onde se sentara envolta pela calamidade e recomeçou a andar. Desceu umas escadas até ao rio e reparou numa reentrância por trás de um arbusto. Afastou as folhas e entrou nesse espaço apertado. Deitou-se e adormeceu quase de imediato.

A meio da noite, foi acordada por um rapaz de dezasseis anos chamado Mathias Popa. Tinha uma Luger na mão. Tsilia recuou contra a parede, espremendo-se naquele espaço.

— Chiu — disse ele.

E deitou-se ao lado dela. Ficaram assim, despertos, sem dizerem uma palavra até o dia acordar. Durante a manhã agarraram-se sofregamente, nus, mais por fastio do que por qualquer tipo de paixão que a circunstância pudesse ter induzido. Nunca disseram mais do que gemidos, como se fossem mudos. As bocas abertas (como "Os" grandes) arquejavam, mas não tinham palavras para dizer. Quando a noite chegou, Mathias Popa foi-se embora. As bombas continuavam a cair.

Isaac tinha olhos escuros, de luz apagada

E a guerra acabava, depois de destruir tudo, as casas, os afectos, os relógios suíços. Bonifaz Vogel abriu o alçapão quando a voz lho ordenou e um miúdo levantou-se do chão. Vogel ficou muito espantado porque aquilo tinha sido mandado construir pelo seu pai e não se lembrava de haver lá alguém. Como é que uma voz se pode tornar um miúdo sujo e com os dentes tão alinhados?

Isaac Dresner, com os joelhos a tocarem-se de nervoso, tinha um olhar apodrecido por meses sem luz. O ar mortiço, contudo, ganhava contornos quando comparado com os destroços de Dresden. Os pés, muito delicados, vincavam o chão de cinzas e restos de homens.

Bonifaz Vogel era como um filho para Isaac Dresner. Um filho cujas recordações jamais permitiriam que lhe pegasse ao colo. Mas era como um filho. No entanto, oficialmente, era ao contrário. Quando Isaac saiu do alçapão — e da loja — de mão dada com

Vogel (que não percebia nada do que se passava), o soldado perguntou:
— É seu filho?
— É o meu pai — disse Isaac.
Vogel sorriu sem compreender e o soldado olhou para ambos, de mãos dadas. Tinha uma lágrima nos olhos enevoados de guerra.

Tsilia Kacev pousou naquelas vidas como a sombra de um pássaro

— E essa? — perguntou o soldado.

Isaac Dresner virou-se e viu uma rapariga com a cabeça de lado, o olhar pesado. Não fazia ideia de quem seria, mas o modo como os seus lábios tremiam era um pedido de ajuda. Tinha aparecido do nada, como a sombra de um pássaro a sentar-se à mesa, e caminhado sem perceber que caminhava. Trazia um vestido verde e tinha os braços à volta do corpo para se proteger do frio ou para não expor o frio insuportável que tinha dentro de si.

— É minha irmã — mentiu Isaac Dresner.

E deu-lhe a mão (a macieza da pele dela fica entre o mármore e um céu límpido, pensou Isaac). O seu vestido estava ofegante. Isaac reparou que o olhar dela dava a volta às coisas, via-as com muitas perspectivas, tinha um olhar que era uma bicicleta à volta de uma árvore. E assim ficaram os três, de mãos dadas, a contemplar o fim do mundo. O soldado foi-se embora e eles permaneceram quietos:

Bonifaz Vogel, muito direito, com cabelos brancos como o peito de uma gaivota e um chapéu de feltro (*Alef, bet, gimel, dalet, he, vav, zayin, het, tet, yod, kaf, lamed, mem, nun, samekh, ayin, pe, tsadi, qof, resh, shin, tav.* Ámen, pensava ele); Isaac Dresner com as pernas fininhas e um peso insuportável preso ao pé direito, o peso da cabeça do seu melhor amigo, Pearlman; e Tsilia com o vestido verde e o frio impossível que sentia no peito (ao olhar para Dresden compreendeu, finalmente, a pintura mais abstrata de todas). Todos de mãos dadas, como uma família.

Tsilia, como a SOMBRA de um pássaro.

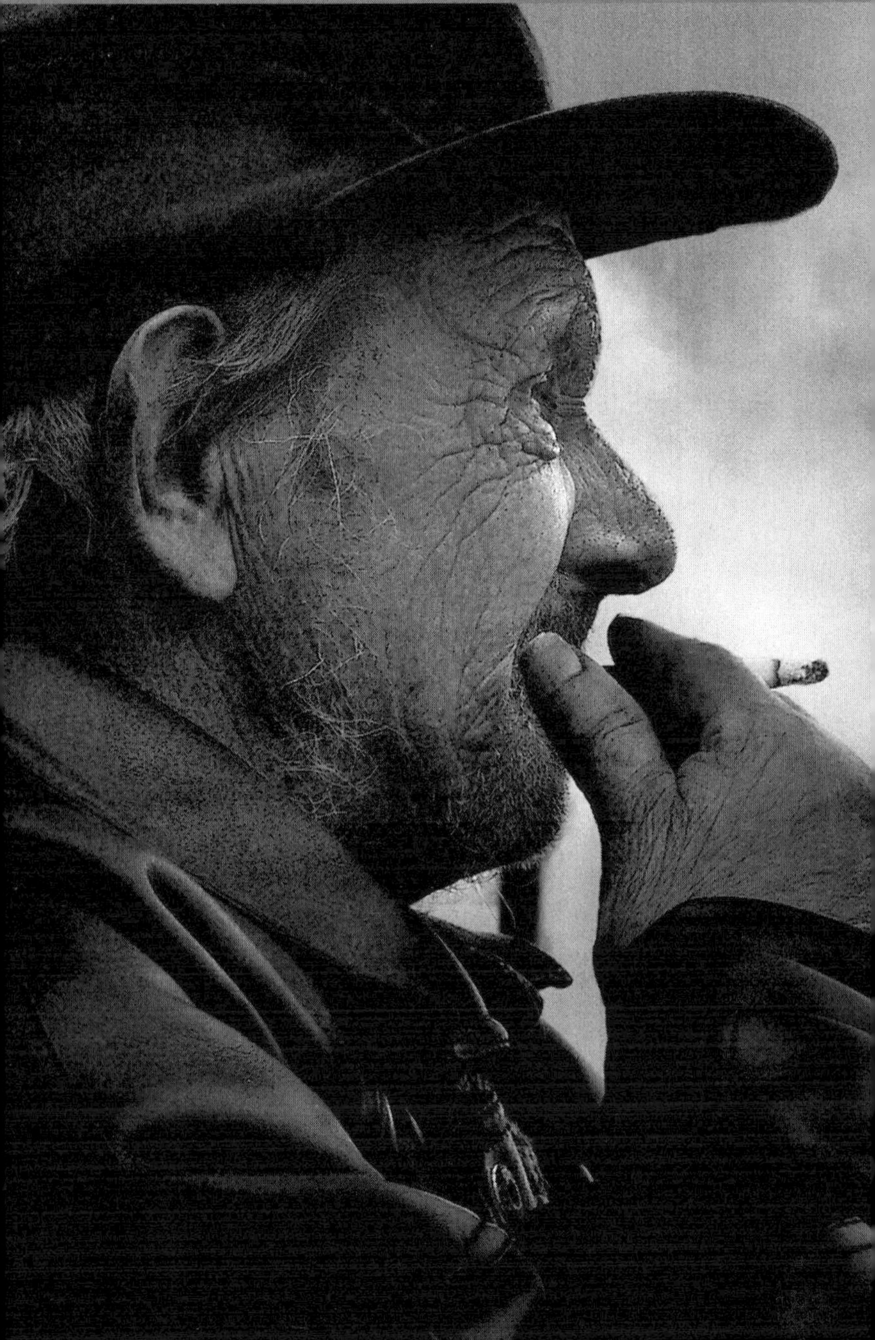

SEGUNDA PARTE

Memórias de Isaac Dresner (contadas por ele mesmo)

OS AVÓS PATERNOS

O DIA É METADE MORTE, METADE VIDA,
TAL COMO SE PODE VER PELA QUANTIDADE
DE LUZ E ESCURIDÃO QUE O COMPÕE

—

Foi nesse dia, em que a morte se misturava com a vida, que a minha avó paterna morreu, quando, pela festa do Pentecostes, foi preparado um grande almoço. A minha avó não cozinhou porque estava grávida, ia ter um filho a qualquer momento.

Uma pesada mesa de carvalho tinha sido posta em frente da casa do meu avô (que era coveiro). O grande carvalho da entrada dava a sua sombra, sem pedir — como fazem os homens — nada em troca.

Via-se com clareza a mistura da vida e da morte, o carvalho morto que é uma mesa e o vivo que dá a sombra.

A maior parte dos convidados não apareceram, não queriam comer com o coveiro (que era meu avô paterno), misturar a morte com a vida, misturar as bocas que enterram cadáveres com as bocas que celebram a vida: os que vivem da agricultura e do lavrar da terra. Mas, no fundo, não há grande diferença entre um coveiro e um agricultor. Ambos colocam a sua esperança na terra, uns deitam a semente, outros o cadáver, mas ambos esperam que, do que se enterra, um dia brote vida.

A minha avó chamava-se Marija e era natural de Bratislava — como o rabi Nachman. Curiosamente, tinha a profissão oposta à do meu avô: era parteira. Os dois faziam uma circunferência, um anel onde todo o drama humano se encerra. Nessa tarde, do ventre dela, o meu avô puxou um filho cá para fora. Um filho nascido da minha avó morta, num movimento contrário ao que o meu avô estava habituado: em vez de enterrar o cadáver na sepultura, tirava dela a vida, desenterrava uma criança. Tirava da terra para semear no ar. Assim veio ao mundo o meu pai, David Dresner.

(CONTADAS POR ELE MESMO)

OS MORTOS NÃO TÊM NOME, DIZIA O MEU AVÔ

—

Depois, o meu avô foi buscar a pá, suou e cavou um buraco, juntou a minha avó à terra.

O meu avô dizia que a terra que pisamos é como um mar: ondula. E uma onda de terra é uma árvore, um cão, uma vide, um homem, um sapato, um cabrito. Deitou a minha avó na sua derradeira morada, como quem adormece uma criança. Gritou hossana e tapou-a com carinho (como fazia quando se deitavam) com o cobertor que é comum a todos, o pó. Marcou o lugar com umas pedras e lá ficou ela sem nome gravado, tal como deve ser: os mortos não têm nome, dizia o meu avô.

FAREMOS DAS NOSSAS CARNES
UMA SÓ TERRA

—

— Sempre me perguntei quem sepultará o último homem — disse o meu avô ao meu pai — ou, se quiseres, e neste caso, quem sepultará o coveiro. Tu, é claro. Não és coveiro, mas sepultar-me-ás na mesma terra da tua mãe, que morreu quando tu respiraste pela primeira vez, há quase três vezes sete anos. A terra dela misturar-se-á com a minha como já aconteceu em vida, faremos das nossas carnes uma só terra.

Quando o meu avô morreu, o meu pai fez-lhe a vontade e eles misturaram-se para sempre.

(CONTADAS POR ELE MESMO)

REPETIR O QUE O TEU AVÔ DIZIA É COMO OLHAR PARA UMA FOTOGRAFIA DELE

—

Sempre que abria sepulturas, o meu avô pensava alto. O meu pai, porque costumava ajudá-lo quando era miúdo — e de tanto o ouvir —, repetia muitas vezes o que ele dizia. Eram coisas como esta: "É da escuridade da cova que uma pessoa começa a crescer pela vertical acima. Primeiro constrói-se um buraco todo vazio, só feito de abismo. Quando mergulhamos nesse lugar escuro, acontece que, por irmos para baixo, levantamos voo. Mergulhar nesse abismo é como fletir as pernas para saltar. Para baixo, antes de bater com a cabeça no céu".

Nunca conheci o meu avô (não conheci nenhum dos meus avós), mas o meu pai contava-me como ele era: a barba despenteada, a figura magra, os olhos escuros, as sobrancelhas que pareciam duas mãos a proteger a cara do sol, os joelhos ligeiramente tortos (eu saí a ele) e os pensamentos de terra. Às vezes, o meu pai pegava numa folha e desenhava uns riscos que, segundo ele, eram as rugas da testa do meu avô. Nessa altura, tinha pena do meu pai e chegava a rezar para que Adonai lhe desse o dom do desenho. Talvez um dia conseguisse desenhar um rosto inteiro. A certa altura, perguntei-lhe porque é que ele repetia tantas vezes as frases do meu avô e ele respondeu assim:

— Repetir o que o teu avô dizia é como olhar para uma fotografia dele.

Afinal, o meu pai não precisava de saber desenhar.

(CONTADAS POR ELE MESMO)

OS AVÓS MATERNOS

O SONHO DA BIBLIOTECA

—

A minha avó materna chamava-se Lia Rozenkrantz e tinha um sonho que se repetia muitas vezes, um sonho cheio de colunas e estátuas. O meu avô materno, que era um grande cabalista, acreditava que esses sonhos se passavam na antiga Biblioteca de Alexandria. Na verdade, esses sonhos sempre foram muito perturbadores para a minha avó, que acordava exaltada, cheia de medo. Eram imagens muito fortes, de cores vivas, daquelas que não se apagam quando se acorda ou à medida que o dia avança. Durante mais de trinta anos, o meu avô (que se chamava Dovev) dormiu com um bloco e uma caneta na mesa de cabeceira. Mal a minha avó acordava, ele massacrava-a com perguntas. Tentava anotar todos os pormenores. Tinha no escritório inúmeras folhas que, segundo o meu avô, eram a planta da biblioteca. Planta essa que se refazia a cada sonho. Ia modificando os traçados que desenhava e tentava encontrar nexo nos pesadelos da minha avó.

Também tentou sessões de hipnotismo, mas sem qualquer resultado.

O meu avô queria que a minha avó andasse por esses sonhos com toda a calma, sem se sobressaltar, e pegasse em papiros e os lesse em voz alta. Queria recuperar obras perdidas da antiga biblioteca. Durante trinta anos acumulou inúmeras folhas cheias de fragmentos, de frases, todas transcritas dos sonhos da minha avó. Havia obras de Heráclito, de Andronikos, de Pirro, etc., tudo rasurado e reescrito incontáveis vezes porque os sonhos da minha avó mudavam muito.

Dizia o meu avô, citando o Talmude, que um homem sem mulher é só meio homem. Mas a minha avó ria-se dele e dizia: uma mulher sem homem é como um maneta sem luvas.

Uma das maiores tragédias que aconteceu neste lado da minha família foi a morte do meu avô. Ele costumava passar as tardes com o coronel Möller, que era o seu melhor amigo. Aliás, foi em casa do coronel que a minha mãe conheceu o meu pai.

Um dia, o mordomo do coronel assassinou o meu avô. O meu pai nunca me soube explicar muito bem por que motivo ele o fizera: dizia-me apenas que o mordomo era um homem terrível, um monstro que, inclusivamente, não compreendia metáforas.

(CONTADAS POR ELE MESMO)

EIS O QUE TSILIA PENSA SOBRE ISSO DAS MONSTRUOSIDADES:

—

Esta experiência parece-me assustadora, disse-me Tsilia: sobrepuseram as fotografias de todos os alunos de uma escola e, destas imagens, fez-se uma média. E dessa média surgiu uma cara que era o cânone grego. Até a turba tem cânone, e, no entanto, de onde vem a monstruosidade que vemos por aí? Ouvi, há muito tempo, uma experiência curiosa sobre aquela composição de Piet Mondrian, uma daquelas com quadrados, não me lembro do título. Pediu-se a alunos de Belas Artes que pintassem um quadro, o mais parecido que conseguissem com a obra de Mondrian. No final, expôs-se o resultado (algumas dezenas de retângulos coloridos, imitações do verdadeiro) juntamente com o original, mas sem que nenhum deles estivesse identificado. Aos visitantes, foi-lhes pedido que escolhessem o quadro que achassem mais harmonioso. O de Mondrian, cheio de retângulos de ouro e divinas proporções, foi o eleito da maioria. Uma percentagem muito alta escolheu a obra original. Isto revela que o Homem não só é composto de divinas proporções como as reconhece quando as vê, mesmo um homem sem cultura visual ou mesmo sem cultura nenhuma. E, se o que é harmonioso e proporcionado é fácil de reconhecer, donde vem essa atroz desproporção que vemos no mundo?

(CONTADAS POR ELE MESMO)

O MEU PAI NÃO SE IMPORTAVA QUE A MINHA MÃE LESSE O *ZOHAR*, MAS OS AMIGOS DA FAMÍLIA ACHAVAM ISSO MUITO IRREGULAR

—

O meu pai era muito bonito, mas a minha mãe dizia coisas mais inteligentes. Disse-me uma vez:

— O Eterno não deve ser procurado nas palavras da Torá, isso seria um grande absurdo, mas sim nos espaços entre as palavras da Torá.

— A verdadeira Torá não tem espaços entre as palavras — disse-lhe eu.

— Ora aí está.

OS PEARLMAN, UMA FORMA
DE INCOERÊNCIA

—

Fui viver para casa dos Pearlman porque o meu pai foi para um campo de trabalho e, pouco tempo depois, a minha mãe morreu com febre tifoide.

Os Pearlman eram uma família de cinco pessoas e dois gatos. O meu amigo Pearlman chamava-se Ezra, mas eu tratava-o pelo apelido. Tinha duas irmãs adolescentes, muito feias, uma com catorze anos e outra com dezasseis. A mais velha chamava-se Fruma e a mais nova Zelda. Eu costumava dizer que a única bonita era a do meio. Para ser justo, Fruma era ainda mais feia do que Zelda e Zelda era ainda mais feia do que Fruma. Uma vez vi Fruma a tomar banho e achei que, apesar de ser horrível, tinha um corpo muito bonito, mesmo perfeito. Isso pareceu-me incompreensível, como se a cabeça não lhe pertencesse. Era muito estranho que o corpo dela não fosse o equivalente de um sorriso com dentes desalinhados e olhos encovados, a piscarem demasiado. O corpo dela não tinha dentes desalinhados, pelo contrário, tinha formas que estabeleceriam o cânone da noção de beleza feminina. E as pernas eram duas coisas inesquecíveis, uma ao lado da outra.

(CONTADAS POR ELE MESMO)

O Sr. Pearlman, pai do meu amigo Ezra, tratava-me como a um filho. Devia muita coisa ao meu pai, dizia-me ele, mas nunca soube que dívidas eram essas. Quando lho perguntava, ele passava-me a mão pela cabeça e ria com a sua voz de ópera.

— O meu pai dizia que — disse eu ao meu amigo Pearlman — o que está em cima é como o que está em baixo. Mas a tua irmã é muito esquisita.

— O que queres dizer com isso?

— A parte de baixo não é como a parte de cima. Vai contra muitas leis.

— O que queres dizer com isso?

A irmã do Pearlman foi a primeira incoerência que eu vi na vida. Tentei perceber melhor aquela estranheza de possuir a cara errada. Ou seria o corpo errado? As minhas dúvidas acabaram por criar problemas sérios. Fui apanhado com os olhos onde não devia e fui severamente castigado. Mas, enfim, aquela foi a minha primeira incoerência e nós nunca esquecemos a primeira vez que vemos uma incoerência toda nua.

A história de
Tsilia Kacev

Tsilia Kacev era judia, de uma família conservadora e com algum dinheiro. Aos treze anos, na sinagoga, começou a reparar numa mancha vermelha na mão esquerda, uma mancha que aparecia na mão em vez de aparecer nas cuecas, como acontecia com as amigas da mesma idade. Limpou o sangue a um lenço, mas a ferida não fechava. Não se lembrava de se ter magoado ou de algo que pudesse justificar aquele sangue. Embrulhou a mão no lenço e tentou disfarçar o melhor que pôde. Quando chegou a casa, alegou uma dor de cabeça e fechou-se no quarto. Acordou umas horas depois e, ao espelho, percebeu que tinha sangue na testa. A princípio, julgou ser da mão, talvez a tivesse passado pela cabeça, mas depressa percebeu que tinha uma chaga numa linha paralela às suas sobrancelhas. A mão direita também sangrava como a outra. Horrorizada, deixou-se cair de joelhos e a mãe encontrou-a assim, no outro dia pela manhã. Gritou ao ver a filha ali caída com sangue na cara e nas mãos, mas imediatamente se apercebeu do sucedido e das implicações que aquilo teria junto dos amigos, de toda a comunidade judaica de Minsk. As duas passaram as esconder as "crises" (como lhes chamavam) o melhor que podiam e sabiam. Tsilia deixou crescer uma franja e usava, sempre que podia, lenços, indisposições, chapéus, luvas, dores de cabeça, quebras de tensão e coisas de mulheres. Passava uns dias recolhida quando as crises eram mais violentas. O pai nunca desconfiou de nada. Era um homem austero que deixava a educação das mulheres a cargo das mulheres. Usava o cabelo penteado para trás, extremamente penteado para trás, bem como a alma. Mas, quando Tsilia fez dezasseis anos, o pai, que era um grande homem de negócios, decidiu que estava na altura de casar a filha. Toda a sua atitude transpirava aquele formato da sua alma: uma alma completamente penteada para trás.

O homem escolhido para genro era um jovem advogado, ambicioso, admirado sobretudo pela elegância com que enriquecia e pela capacidade com que era capaz de fazer perguntas. A mãe e a filha tentaram resistir aos planos do pai, mas ele mostrou-se inflexível. Tsilia, que já não aguentava mais a pressão, fugiu de casa e nunca mais voltou.

Os primeiros anos não foram fáceis. Depois de tentar suicidar-se atirando-se para o Rio Svislach (Tsilia não sabia nadar), foi salva por um camponês que lhe deu abrigo durante uns dias. Era um bom homem, em certa medida honesto, e vivia, acima de tudo, do pastoreio e duma horta. Aparentemente, as águas do Rio Svislach não lhe fizeram bem. Depois do salvamento heroico, o homem começou por sentir-se febril, acossado por uma tosse seca que o haveria de matar em menos de duas semanas. Tsilia saiu daquela casa sob a alçada de uma vizinha que a pôs a trabalhar como criada numa mansarda em Vilnius. Viveu nessa casa durante dois anos. O seu patrão chamava--se Stepunin e era um homem grande, grosso, gordo, que usava umas enormes suíças que lhe tocavam as clavículas e pareciam querer ir ainda mais longe. Passava o tempo a recitar Pushkin (era um especialista) e a contar os passos que levava duma assoalhada a outra ou, por exemplo, de casa até à estação. Sabia converter todas as distâncias em passos ou em versos de Pushkin. A mulher dele, Rosa, era uma senhora adunca, enclausurada num corpo que mais parecia uma temporada na Sibéria. Stepunin não demorou a perceber que, a andar pela sua casa, havia versos mais belos do que os de Pushkin. Por isso, Tsilia foi iniciada na sua vida sexual pelo patrão. Stepunin vinha sempre acompanhado por um ou dois sonetos.

As crises, desde que fugira, não tinham voltado, e Tsilia sentiu a ilusão da cura. Um dia, enquanto Stepunin se deitava em cima dela — as suíças dele passando ao de leve pela sua cara —, começou até a ponderar voltar a casa. Nesse momento teve a maior crise de sempre, o que levou a que um verso de Pushkin se transformasse num grito. O rosto de Tsilia estava coberto de sangue, Stepunin gritava. As mãos dela, que envolviam o patrão em pânico, pareciam torneiras. Rosa apareceu, acordada pelos gritos, à porta do quarto da criada. Ao ver aquela cena, fez aquilo que uma mulher como ela deveria fazer: expulsar a criada e perdoar o marido.

Tsilia, com o pouco dinheiro que amealhara, apanhou um comboio para um lugar qualquer. O destino levou-a de mãos dadas para a Boémia e depois para a Alemanha, onde, em plena Segunda Guerra Mundial, viveu escondida em casa de um pintor alemão, na cidade de Dresden. Um dia saiu de casa dele e começou a caminhar. Ficou escondida até não poder mais, e isso não é pouco. Até à altura em que — quando Bonifaz Vogel e Isaac Dresner davam as mãos como pai e filho, defronte de um soldado — ela apareceu junto deles.

Uns meses depois foram para Paris e, alguns anos depois, Isaac Dresner e Tsilia casaram-se. Ele tinha menos sete anos do que ela, mas tinha mais dois centímetros, o que minimizava a cronologia (na cabeça de Isaac Dresner). Paris foi bom para a carreira de Tsilia, que se tornou uma pintora excepcional, mas ficou longe do mar — esse céu caído, pesado —, o que a desgostava. A pintura rendia bastante dinheiro. Não eram ricos, mas podiam esbanjar. Tsilia, Isaac Dresner e Bonifaz Vogel, sempre os três, passavam longas temporadas no Norte de França, muitas vezes de mãos dadas. Não era um mar tão celestial quanto Tsilia imaginara, mas mesmo assim era um céu.

Vogel torna-se uma pessoa inverosímil

Bonifaz Vogel tornava-se cada vez mais invisível. Para a maior parte das pessoas, inverosímil. Quando saiu da loja de pássaros, parecia que tinha entrado num alçapão. Ficava horas sentado, sem dizer nada, e Isaac Dresner tinha de o levar até à casa de banho para ele urinar, o que, normalmente, já tinha feito nas calças.

Humilhados & Ofendidos

Tsilia pintava vários ângulos da realidade na mesma imagem, sobrepostos em camadas de tinta como ódios acumulados. Uma pessoa aparecia com o lado esquerdo sobreposto ao direito, a parte de cima à parte de baixo, como se dançasse de todos os ângulos possíveis, até daqueles que não se veem, porque o lado esquerdo de uma pessoa é diferente do seu próprio lado esquerdo conforme o seu estado de espírito. Tsilia era capaz de juntar o que o cubismo e o expressionismo, juntos, jamais seriam capazes. E só usava tintas e um pouco de si mesma. A visão de uma pessoa de todas as perspectivas possíveis assemelha-se ao modo como o Eterno nos vê, dizia Isaac quando olhava para os quadros de Tsilia.

Acima de tudo, estas perspectivas todas davam bastante dinheiro. Isaac pôde passar a vida a desenvolver um negócio falhado, alimentado a prejuízos:

— Tenho uma livraria de almas mortas — costumava dizer Isaac Dresner. — Um Hades feito de papel. A minha livraria é como Dresden: almas mortas.

A sua pequena loja ficava num segundo andar de uma rua do *septième arrondissement*. Um letreiro ostentava o nome da livraria: Humilhados & Ofendidos. Isaac também perdia dinheiro com uma pequena editora chamada Eurídice! Eurídice!, uma empresa que mantinha um volume de vendas próximo do desespero. Os livros ignorados, que Isaac se esforçava por vender, continuavam obscuros num segundo andar encarquilhado pela humilhação.

A vida em família

Muitas vezes ficavam parados, os três, sentados num sofá, de mãos dadas como quando Dresden era aquele monte de coisas mortas. Vinham-lhes as lágrimas aos olhos e, invariavelmente, Isaac e Tsilia abraçavam-se até Vogel precisar de ir à casa de banho.

O livro do êxodo, de Thomas Mann

A manhã envolvia-se com o frio numa mistura razoavelmente homogénea. Isaac Dresner levantou a gola do sobretudo enquanto caminhava, coxeando do pé direito (por causa da cabeça de Pearlman), com o vento a bater-lhe nas coxas e nas faces, nos olhos, no nariz, na anatomia toda. Aquele dia era um casaco aberto ao frio. Entrou numa livraria.

Há uma semana, um livreiro com quem mantinha contacto regular ligara-lhe dizendo possuir, na sua loja, dois livros que, com toda a certeza, lhe interessariam.

Omerovic era um homem alto, moreno, sempre com o *tashbi* nas mãos. A loja dele tinha poucos livros, mas a maior parte eram valiosos.

Isaac Dresner cumprimentou-o e este ofereceu-lhe um chá.

— Não, obrigado — respondeu Isaac.

O livreiro insistiu e ele acabou por aceitar.

— Estamos no Ramadão, mas a hospitalidade é mais importante. Esta é uma das poucas razões para quebrar o jejum: a hospitalidade.

Omerovic serviu o chá. Isaac Dresner levou o copo à boca, queimando-se na língua e nas mãos.

— Pegue na base e no topo — sugeriu Franjo Omerovic. — Assim não se queima.

Isaac Dresner abanava a mão. Contrariado, voltou a tentar.

O chá soube-lhe a salva.

— Sabe-me a salva.

— É chá preto aromatizado com salva.

— E os livros?

— Vou buscá-los.

Omerovic pousou os livros em cima do balcão enquanto preparava um narguilé. Ofereceu a Isaac e este recusou. Passou-lhe o primeiro livro e Isaac leu em voz alta:

— *O livro do êxodo*.

— Conta a história da fuga de dois presidiários. No fundo, é a história do êxodo bíblico contado com uma nova roupagem. Um dos presidiários representa Moisés e o outro o povo hebreu. Este último tem até o nome sugestivo de Volks. É uma personagem pessimista que repete constantemente a frase: o caminho para a liberdade vai dar a uma prisão.

Isaac Dresner revirava o livro. Coçou a cabeça, evitando comentar. Omerovic, depois de uma pausa para fumar e beber um pouco de chá, continuou:

— Esse livro foi escrito por Thomas Mann.

— Não é o que diz a capa. O autor é...

— Eu sei o que diz a capa. Mathias Popa, o homem que assina essa obra...

— Um pseudónimo?

— Não, deixe-me acabar, Sr. Dresner. Como dizia, Mathias Popa foi, durante toda a vida, um autor frustrado. As suas poesias eram sistematicamente rejeitadas pelas editoras. Experimentou duas edições de autor que foram completamente desprezadas (ou quase) pelo público e pela crítica. A história destas publicações começou um dia quando entrou no edifício de uma editora em Zurique. No vestíbulo havia uma grande discussão entre um autor, a mulher deste e funcionários da editora. A secretária tentava acalmar os intervenientes. Popa, alheio ao rebuliço, encostou-se à parede. Reparou num grande envelope em cima da mesa e, num impulso, pegou nele e escondeu-o debaixo do sobretudo. Foi uma coisa impensada que o próprio Popa não saberia explicar. Quando chegou a casa, tirou o envelope do interior do casaco. Para seu assombro, era um original inédito de Thomas Mann. Mathias Popa entreviu a maneira de singrar no mundo da literatura. Depois do sucesso que inevitavelmente faria com aquele livro, dificilmente a sua poesia poderia continuar a ser ignorada. Bateria aquele texto à máquina e entregá-lo-ia a uma editora como sendo seu. Aconteceu o que se poderia esperar: todas as editoras recusaram a publicação, invocando as desculpas do costume. Popa ficou derreado. Decidiu, visto que o texto de Thomas Mann tinha uma qualidade inegável, publicá-lo ele, às suas custas. Foi o que fez, esse livro que tem nas mãos, caro Dresner, é a prova disso. Mas os planos de Popa saíram gorados. O livro foi um fiasco total. Pouco mais de trezentos exemplares vendidos em toda a Alemanha. Ele não desistiu. Vendeu a casa e investiu uma imponente verba naquela obra. Houve muita publicidade, viagens de promoção, traduções, etc. Vendeu mais qualquer coisa, números sem qualquer expressão. Conseguiu algumas críticas importantes, mas nunca foram, nem ao de leve, positivas. Curiosamente, uma das recensões mais amargas, para ver o ridículo, acusava o autor de copiar o estilo de Herman Hesse. Depois de tanto investimento, a conclusão era óbvia: o público continuava a ignorá-lo como sempre havia feito. Nessa altura, ainda com algumas posses, Popa teve uma ideia. Se escrevesse um livro confessando a verdade, seria um sucesso. Imagine-se o escândalo, por um lado. Por outro, sabendo que *O livro do êxodo* era, na verdade, de Thomas Mann, faria com que as vendas disparassem, as vendas de ambos os livros. Mathias Popa veria, finalmente, compensados os seus esforços, mesmo que tivesse de passar o resto dos dias na prisão. Mas isso pouco lhe importava. Assim, Popa escreveu a história da sua vida, escreveu como roubou o manuscrito de Thomas Mann e o publicou como sendo seu. Ainda possuía algum dinheiro da venda da casa, por isso investiu o que lhe restava. O livro não era mau. Mas o público, sabe como é, ignorou-o. Tem aqui um exemplar.

Omerovic entregou o livro a Isaac Dresner. Os olhos deste brilhavam.

— Será que posso contactar o autor?

O livreiro pegou num cartão e entregou-o a Isaac.

— Aqui tem a morada de Mathias Popa. É um homem antigo, com as suas manias, mas saberá apreciar o seu esforço.

— Acho que vamos fazer negócio. Mas diga-me, Sr. Omerovic, como posso ter a certeza de que a história do manuscrito de Thomas Mann é verdadeira? Ele poderia ter inventado esse episódio para vender os livros.

— Claro, mas é nessa incerteza que reside toda a beleza destas duas obras.

Enquanto falhava
o trinco

O céu estava carregado de nuvens que pareciam incontinentes, mas que acabaram por se afastar, indo chover para outras grandes capitais europeias. Isaac parou numa *brasserie* para beber um copo de vinho e comer um prato de queijos e pão. Esticou as pernas enquanto observava o mundo ao seu redor, cheio de chapéus de chuva fechados. Tirou a mala e começou a reler o segundo livro de Mathias Popa. Ficou ali sentado, absorto, um pouco tocado pelo frio, como uma pera de Inverno, a ler aquela obra devastada pela falta de memória. Caminhou de volta para casa, coxeando do pé direito, com o livro na mão. Não parou de ler enquanto subia as escadas. Manteve o livro aberto enquanto falava com o porteiro, não se interrompeu enquanto falhava o trinco, enquanto abria a porta. Isaac Dresner abraçou Tsilia, pousou a mala e sentou-se. Ela sugeriu que ele se pusesse ao lado de Bonifaz Vogel. Tsilia estava a pintá-lo e queria acrescentar Isaac à figura de Bonifaz. Não se pinta um sem o outro, dizia ela.

Bonifaz Vogel estava completamente nu, de boca aberta, sentado na cadeira onde costumava passar uma boa parte do dia a olhar para a janela ou a ouvir rádio. Quando ouvia notícias de guerra, sobressaltava-se e os seus olhos brilhavam com lágrimas. As carnes de Vogel, demasiado maduras, quase a cair da árvore, enrugavam-se de frio. O aquecimento estava ligado, mas Vogel teimava em abrir uma fresta da janela, por onde o frio o abraçava. Isaac Dresner deu-lhe um beijo na testa e puxou uma cadeira para se sentar ao seu lado. Bonifaz olhou para ele com um pequeno sorriso, mas manteve o seu olhar triste e a pele esbranquiçada pelos anos. Foi só nessa altura que Isaac reparou que Tsilia tinha ligaduras nas mãos.

— Outra vez? — perguntou ele. — Não tinha reparado.

— Já há mais de um ano que não me acontecia. Foi só nas mãos.

Lá fora, uns plátanos, despidos das suas folhas mais secas, quase tocavam nos vidros. O resto era tudo cinzento, um misto de preto e branco. Isaac levantou-se para puxar a sua mala para junto de si. Tsilia espremeu mais alguma tinta para a paleta, misturou aguarrás com óleo de linhaça e começou a pintar.

— Posso ler? — perguntou Isaac abrindo a mala.

Eurídice!
Eurídice!

À noite, Isaac Dresner deitou-se com um dos livros de Mathias Popa na mão e adormeceu assim passado três horas. No outro dia, terminou o livro enquanto tomava o pequeno-almoço.

Mathias Popa atendeu o telefone ainda o seu sono não estava acordado:

— Sim?

— Chamo-me Isaac Dresner. Sou editor e gostaria muito de falar consigo sobre os livros que publicou.

— Toda a minha vida esperei por telefonemas como este. Como é que disse chamar-se?

— Isaac Dresner.

— De que editora?

— Eurídice! Eurídice!

— Nunca ouvi falar, mas o nome assenta-me. Espero que seja suficientemente pequena para lidar com a minha falta de sucesso.

— É minúscula, tão pequena que só pode crescer.

— Ouça, Sr. Isaac Dresner: tive desilusões que bastassem ao longo da vida. Tenho uma pensão e algum descanso acompanhado por uma ou duas garrafas de vinho por noite. Já não desejo muito mais.

— Podemos encontrar-nos para conversar melhor sobre o seu desencanto?

— Venha ter comigo. Se tem o meu número de telefone, tem, com certeza, a minha morada. Não sei quem foi o inconsciente que lhos forneceu. Se, por acaso, eu não estiver em casa, encontrar-me-á ao fundo da rua, numa pizaria chamada Tintoretto. Ou ao lado, na Brasserie Vivat.

— A que horas?

— A qualquer hora. Estou sempre num destes três lugares, são a minha maneira de manifestar-me trino e uno, só que, em vez de ser ao mesmo tempo, sou mais metódico do que Deus: nunca estou em mais de um lugar ao mesmo tempo. Não é tão prático para ter reuniões, mas permite-me estar mais concentrado. Deus dispersa-se muito.

— A qualquer hora, portanto?

— A qualquer hora.

— Irei amanhã logo que acorde.

— Faça isso. Eu estarei à sua espera. É essa a minha vocação.

O metro
estava cheio

O metro estava cheio e Isaac Dresner esperou pelo seguinte. Esse vinha quase vazio. Isaac entrou e agarrou num jornal abandonado. Leu-o durante o trajeto e saiu, deixando o jornal na posição em que o encontrara. Fechou o sobretudo, porque havia uma grande corrente de ar na estação, e procurou a saída. Coxeando do pé direito, andou dois quarteirões — apesar do frio, a chuva estava noutro lugar — e tocou à campainha de um prédio antigo, robusto (feito para estar na rua).

— Isaac Dresner — respondeu quando lhe foi perguntado o nome.

Subiu as escadas, alguns degraus dois a dois, e viu-se em frente de uma porta de madeira escura. Esperou uns segundos, sem saber se havia de bater. Esperou outros segundos que o levaram a levantar a mão para bater de novo. Antes de o fazer, a porta abriu-se e um homem de roupão apareceu à sua frente. Tinha uma cara antiga, de quem viveu tanto quanto os seus anos, sobrancelhas esbranquiçadas pela tristeza, uma barba suja e cenho franzido. Isaac Dresner voltou a apresentar-se e Mathias Popa abriu a porta sem abrir um sorriso. O seu ar solene era a sua melhor hospitalidade. Fez um gesto dramático para que Isaac Dresner entrasse, acompanhado de uma quase vénia. Isaac entrou com desconfiança numa desarrumação que só não era maior porque a casa era pequena. Um quarto, uma sala e cozinha, uma casa de banho. O resto eram livros, duas guitarras, um piano, dois violinos, alguns instrumentos de sopro, em especial quatro saxofones: dois tenores, um alto e outro barítono. Uma das paredes estava completamente cheia de humidade e soltava um cheiro a mofo que enchia o apartamento mais do que a mobília.

Isaac Dresner apresentou-se (outra vez) e Mathias Popa estendeu-lhe a mão (que era áspera como um insulto). Convidou-o a sentar-se e ofereceu-lhe café ou *brandy*. Isaac Dresner aceitou os dois, mas completamente misturados.

Depois de alguma conversa de salão, Popa começou a falar de um dos seus livros:

— O meu primeiro livro de prosa contava a história de uma banda que só existia aos ouvidos de Deus. Era um homem cego que tocava, num acordeão, uma melodia simples numa rua de Tirana. Enquanto isso, em perfeita harmonia, uma chinesa tocava piano num salão de Moscovo. Um *bluesman* em Nova Iorque tocava a base rítmica no contrabaixo. No Brasil, em Corumbá, um solista tocava uma segunda harmonia na trompete. Uma empregada doméstica, em Viena, trauteava uma ária que encaixava na perfeição naquela música. E assim pelo mundo todo. Os músicos iam mudando, a melodia ia mudando, tornando-se na maior, na mais complexa, na mais bela composição jamais tocada. Nunca se tinham encontrado, não sabiam da existência uns dos outros nem jamais imaginariam que aquilo que tocavam fazia parte de um todo muito maior. Descrevi milhares de pessoas distribuídas por centenas de páginas. Falava um pouco das suas vidas, da sua geografia, e depois descrevia minuciosamente a sua contribuição para o conjunto melódico. Era um livro que se passava em sete minutos, que era a duração daquela música. Nessa narrativa, só Deus conhecia a melodia toda, mas, na vida real, quem ouvia aquilo era eu. Era eu que fazia aquela gente toda tocar e ouvia, na minha cabeça, toda a composição com aquela complexa orquestração. Eu sou músico, sabe?, sempre fui. Mesmo antes de saber tocar qualquer instrumento. Todos os meus livros são peças musicais, só que com letras. No fundo, é a mesma coisa. Julga que eu não seria capaz de ouvir os milhares de músicos que criei, todos a tocarem ao mesmo tempo? Engana-se. Ouço aquilo tudo. Tudo.

— O que aconteceu a esse livro?

— Creio que Thomas Mann mo roubou e escreveu o *Fausto*. Estou a brincar. Um dia, depois de ter recebido todas as cartas de rejeição do mundo, atirei aquilo para a lareira. Nunca ouvi uma composição tão quente como aquela.

— E nunca fez carreira como músico?

— Fiz. Toquei violino com o Ray Brown e sax com o Chet Baker, para lhe dar alguns nomes com que se entreter, mas a minha vida estava noutro lugar. Eu gostava mesmo era de ser poeta. Tocava bêbedo e mesmo assim era melhor do que aqueles virtuosos todos. Mas não tinha empenho. Não me interessava. O Sr. Dresner não sabe o que é ter um dom deste tamanho. Quando um copo se parte, eu sei em que nota é que isso aconteceu. Mas, na música, nunca tive ambição nenhuma. Entendo-a de trás para a frente e, talvez por isso, ela não exerça fascínio nenhum sobre mim. Para ser franco, sempre achei este talento uma maldição. Não o queria para mim, mas tudo me empurrava para ele. O resultado é que poderia ter sido o melhor músico do Universo conhecido, mas a minha paixão estava noutro lugar.

— Considero os seus livros muito bons.
— E são. Apesar de um deles ser roubado.
— Foi mesmo?
— Claro. Acha que eu ia mentir?
— Acho-o perfeitamente capaz.
— Não sabe o que diz. Não existe mentira na literatura, na ficção, e, digo-lhe mais, não existe verdade na vida real. Se perceber isto muito bem, perceberá muito mais coisas. Quer mais *brandy*?
— Aceito. O que é feito da sua poesia?
— Um dia, a ler o jornal, perdi todo o sentido poético. Senti-me vazio, sabe, completamente oco. Uma pessoa lê o jornal e perde a poesia. Não foi por causa da rejeição das editoras e essas coisas, foi esta sociedade. As guerras e isso (na altura tinha começado a Guerra das Areias, entre Marrocos e a Argélia e eu já não podia com mais guerras). Peguei na minha obra

toda, mais de quatro mil páginas A4, e enterrei tudo num terreno baldio perto de casa. Nessa altura, vivia no Cairo. Depois de ter enterrado aquilo, cresceram umas ervinhas, mesmo onde eu tinha escavado. Fiquei contente porque não tinha crescido nada à volta, só onde enterrei os poemas. Não sei se foi de ter revolvido a terra ou se foi a Natureza a demonstrar a sua inclinação pela poesia, especialmente pela rejeitada. No fundo, é o estrume que faz as coisas crescerem, é ou não é? Enfim, todos os dias passava por lá e via as ervinhas a crescer. Gostava disso e acabou por se tornar um ritual. Levava comida e um banco de lona, daqueles desdobráveis, e sentava-me a ver aquilo a crescer. Um ano depois puseram uns tapumes e construíram uma casa. Para ver o que umas quantas linhas de poesia podem fazer. Todos os dias passava por lá, chegava a faltar a ensaios e a concertos. Quando a casa ficou pronta, foi para lá viver uma família muito simpática que se tornou uma obsessão. Passei a viver em frente daquele edifício: sentava-me no passeio e tocava sax tenor. Punha o chapéu virado ao contrário e ganhava umas moedas. Não era grande coisa. Um dia, a rapariga mais nova (a família que foi habitar aquela casa era composta por quatro pessoas: um casal e duas filhas) trouxe-me um *sheesh kebab*. Mas não me disse nada. Pousou-o junto ao chapéu e foi para casa como sempre fazia. Uma semana depois, inexplicavelmente, estava farto daquilo e foi Samuel Gomez, do Trio Sam Gomez, que me ofereceu uma boa oportunidade de sair dali, de ao pé daquela casa que crescera em cima dos meus versos. Conhecia-o bem de tocarmos juntos num concerto de tributo ao Coltrane, com as estrelas todas do *jazz*. Ele, quando me viu, agarrado ao sax numa rua do Cairo, em frente àquela casa que tinha acabado de deixar de ser uma obsessão, propôs-me tocar com o irmão dele, que também era músico. Um baterista mais ou menos competente. Aceitei e toquei com ele nos melhores hotéis do Egito, mas acabei por meter-me com uma puta em Alexandria que... não lhe vou contar a história toda, mas é por isso que eu tenho esta cicatriz no sobrolho... me queria matar. Não tinha medo dela, mas não gostava nada das companhias com que ela andava. Por isso decidi apanhar um barco para a Europa. Paguei a viagem tocando num dos bares do paquete. A maior parte do público eram nórdicos bêbedos. Nunca vi tantos juntos, nem quando estive na Suécia uns anos mais tarde. Trabalhei numa pizaria em Itália (vem daí o meu gosto por pizas, é quase uma doença), em Trieste. Nesse Verão fui para a Suíça fazer uns biscates e acabei por lá ficar. Voltei a tocar em bares e a vida corria-me bem. Comprei uma casa nos arredores de Zurique, com um pequeno quintal, e foi nessa altura que decidi escrever o livro *A banda dos sete minutos*. Acho que recebi mais cartas de rejeição do que enviei exemplares. Depois, já sabe o desfecho disto: terminou na lareira. Ainda escrevi outra novela que contava a história de um homem que nunca nasceu. A mãe engravidou até morrer. O filho foi vivendo sempre dentro do útero. Aquilo era uma parábola das nossas limitações, do medo do desconhecido, de arriscar, essas coisas. Sabe, Sr. Dresner, nós vivemos todos muito abaixo do limiar possível.

Vivemos na garagem de um palácio, ou numa cave, é isso que fazemos, como um feto que nunca sai do útero. Esta personagem era apenas mais um de nós que não queria sair do seu mundo para ver a luz. Era uma narrativa kafkiana. As editoras, adivinhe lá, rejeitaram com toda a sua capacidade para rejeitar. Mas, entretanto, enquanto levava o original de *O homem que nunca nasceu...* era assim que se chamava a novela... para apreciação numa editora de Zurique, vi-me no meio de uma confusão entre um autor qualquer e uns funcionários da editora. Em cima da secretária do vestíbulo estava um envelope. Li, distintamente, o nome de Thomas Mann. Achei estranho porque ele já tinha morrido há uma série de anos, mas, provavelmente, fora enviado por alguém a quem ele teria entregue aquele inédito. Ou, pelo menos, é o que eu acho. Bom, mas na altura aquilo foi um impulso. Não foi uma ação premeditada: vou roubar o original de Thomas Mann, edito-o como se fosse meu e torno-me um grande homem de letras. Não foi nada disso, foi apenas um impulso estúpido. Eu nunca tinha roubado nada na vida. Ou melhor, roubei, mas foram aquelas coisas que toda a gente já roubou: uma esferográfica de uma empresa ou a borracha de um colega. O material de escritório roubado não faz de ninguém ladrão, não é assim? Mas eu tive aquele impulso, escondi o envelope debaixo do casaco e fui para casa. Estava tão nervoso que nem conseguia pensar. Na semana seguinte, tive essa ideia, que no fundo é a conclusão lógica daquele furto: sair do país e editar um livro de um prémio Nobel como sendo meu. Foi o que fiz, mas acho que já adivinhou o desfecho tristonho: recebi as rejeições do costume. Umas atrás das outras. Acho que conheço todas as editoras do mundo.

— Não conhecia a minha.

— Quando digo todas as editoras do mundo, estou a exagerar. No fundo, é o mesmo que dizer que Deus sabe tudo. Ou que é plenamente bom. E a sua editora?

— O que é que tem?

— Edita?

— Edita. Tem alguma coisa para mim?

— Arranja-se — disse Mathias Popa. — Foi um prazer esperar meio século por si.

Isaac bebeu o vinho de um trago e voltou para casa, deixando Popa adormecido no sofá.

Dentro dos pássaros está muito escuro

Isaac Dresner dormiu como uma pedra atirada para o mar, acordando enérgico e com vontade de comer vários *croissants*. Comeu dois.

— Os pássaros comem sementes — disse Bonifaz Vogel quando entrou na cozinha. — Não percebo porque não crescem árvores dentro deles.

— Acho que os vegetais precisam de luz para crescer e dentro dos pássaros está muito escuro. E dentro dos homens ainda está mais escuro.

— Eu, quando fecho os olhos, vejo luzes. Se está escuro, de onde vêm essas luzes? Quando sonho está tudo iluminado, ou então não se veria nada. De onde vem essa luz, Isaac, de onde vem essa luz?

Vogel tinha uma mancha de urina nas calças. Vinha sempre assim da casa de banho. Não era capaz de sacudir com eficiência ou paciência. Isaac pegou nele, com os seus dedos amarelos de nicotina, e obrigou-o a voltar à casa de banho.

— Ando triste por causa da condessa.

— Sr. Vogel, se não estiver contente com o rumo das coisas — disse Isaac —, só tem de fazer uma coisa muito simples: juntar os dois pés, concentrar-se e dar um pequeno pulo na vertical. Quando os seus pés tocarem o chão outra vez, a realidade do chão, quando deixarem esse momento celeste que é o salto, quando tocarem o chão, dizia eu, provocará um pequeno tremor que abalará a direção do Universo. Se ia em determinado sentido, sentido que, por certo, não lhe agrada, basta pular para ver mudar o rumo. Mas, porque o tremor é muito pequeno, os efeitos não se notam de imediato, no entanto, se pudesse olhar para o futuro, veria como foi diferente daquele futuro em que não pulou. A vida é feita destes saltinhos.

— Já saltei, Isaac, e não acontece nada.

— É preciso paciência, Sr. Vogel, paciência. Sacuda bem para não pingar nas calças. Isso.

— Já não sou novo, Isaac, há umas partes do meu corpo que até são velhas. Amo tanto a condessa.

— Vê-se logo que não percebe nada de destinos e coisas dessas. Já reparou que, quando chama um gato (lembra-se do Luftwaffe, Sr. Vogel?), raramente ele corre para si em linha reta, mas faz uma parábola, uma curva? Os gatos sabem muito bem como atingir aquilo que desejam, são predadores exatos, eficazes, e fazem-no em arco, descrevem curvas no seu andar. É assim o nosso destino, fazemos curvas e parábolas para que ele se cumpra com perfeição. O redondo é a distância mais curta entre dois pontos. É preciso paciência (que é o nosso sentimento mais esférico).

— Ando triste por causa da condessa.

Cartas de amor, andorinhas

— O Sr. Vogel anda triste — disse Isaac Dresner a Tsilia. — Diz que ama a condessa, que é aquela senhora que ele vê quando vamos às compras, a que anda sempre muito pintada e com um corpo fora de moda. Fica a olhar para ela, na secção dos enlatados, dos frescos. Segue-a e acho que ela parece gostar. Nunca trocaram uma palavra, o que é um alívio. Nenhum dos dois parece ter condições para falar.

— Ele anda triste, também tenho notado — disse Tsilia. — Fala com ele, aconselha-o, diz-lhe para falar com ela. Ele que fale dos pássaros e de Dresden (é triste, mas é bonito).

— Já tentei, mas ele fica imediatamente com os olhos marejados e começa a soluçar. Diz que fica com frio, mas julgo que ele confunde o tremor do nervosismo, da tristeza, da melancolia, com falta de calor. A menina da caixa diz que a senhora se chama Malgorzata Zajac e é uma aristocrata de origem polaca.

— Devias escrever-lhe em nome do Bonifaz. Ele havia de gostar.
— Escrever-lhe o quê?
— Cartas de amor.

Epístolas à condessa

Querida condessa,

É com arrojo que lhe escrevo esta carta, mas os meus ossos engelham-se com o tempo. Não com o tempo que passa por nós, mas com o tempo que se entranha no esqueleto, na medula, e nos faz aquele reumatismo especial que é o facto de passarmos ao lado da vida. Não é o tempo que nos envelhece, é o tempo mal gasto. E o meu, sem a presença da condessa, engelha-me os ossos. Mas que fazer se, quando a vejo com a saca do pão, no supermercado, a contemplar os enlatados, fico sem as palavras que me compõem? Sabia, amada condessa, que o Homem se faz de vinte e duas letras? Um alfabeto que o Eterno sabe articular nisto que nós somos. Nós, para Ele, somos só letras e números. E ele dita um livro para cada um de nós, seja uma pedra ou um homem ou uma lata de feijões. É a combinação das letras que nos faz estes bichos que se distinguem das pedras por sabermos o que significa uma taxa de juro. Na verdade, julgo que as pedras que vemos por aí não são os minérios que julgam os geologistas, mas sim restos de corações humanos, desses humanos que acordam de manhã para ir trabalhar e que não sabem amar com profissionalismo. É assim que nascem as pedras, de restos de corações. Eu vi acontecer uma guerra mesmo ao lado da minha loja de pássaros e sei que aquilo faz tudo transformar-se em pedra. Quando olhei para Dresden, era um amontoado de pedras. De onde vinham as pedras que a guerra produzia? Do peito dos homens, evidentemente. Os corações deles, dos homens da guerra, eram aquelas pedras mortas. Aquelas pedras e poeira que se via por todo o lado.

Porém, quando um homem sabe amar como eu, nascem ervas nos campos e os passarinhos cantam dentro de nós (e não fora, como julgam as pessoas que compram canários). Os trinados de uma ave canora ouvem-se dentro de nós. As pessoas mal informadas julgam que é o canário a fazê-los, mas é a nossa alma que treme ao ouvir um pássaro cantar. É assim que se fazem os trinados. De almas a tremer. Por isso, condessa, a minha é um tremorzinho de terra quando a vê. Com a saca do pão a contemplar os enlatados. Toda a sua figura, quando a olho, é um trinado canoro.

Com esta carta, caríssima condessa dos meus olhos, quero apenas mostrar-lhe quanto se pode ser amado. O amor não é infinito como dizem os poetas. Nem o meu é infinito, quanto mais o das outras pessoas. O que é infinito é o objeto do nosso amor finito. A condessa, para mim, é que é o infinito. Eu sou

apenas alguém que sabe contemplar o horizonte que
é a *madame*.

Com amor, Bonifaz Vogel

Minha adorada condessa,

Queria levá-la a estender-se comigo sob o sol africano, talvez pernoitar no Polana, agarrá-la pelas suas curvas e dançar até a orquestra desistir. As cadeiras empilhadas em cima das mesas e o último fôlego dos músicos tocaria ainda uma péssima versão de *Stardust*. "Sometimes I wonder why I spend the lonely night dreaming of a song". E eu agarrá-la--ia pela alma e arrastá-la-ia pelas ruas deste peito e seríamos uma só pessoa a dançar, tal seria a sincronicidade dos nossos suspiros. "The nightingale tells his fairy tale of paradise where roses grew". E eu deixaria que os seus lábios fossem duas palavras vermelhas coladas à minha boca, a palavra de cima e a palavra de baixo, enfim, as duas palavras que constroem o mundo. "And the dreams come true and each kiss an inspiration, but that was long ago". E iríamos para o nosso quarto, que seria na areia da praia, repleto de noite, abraçados a uma garrafa de champanhe que eu teria roubado do bar. No outro dia, se soubéssemos acordar, comeríamos caril de gambas a olhar para o mar ou lá que Índico é esse que são os seus olhos. Gosta de caril? Tenho a certeza que sim, pois já a vi comprar um frasquinho no supermercado. "Now my consolation is in the stardust of a song. Beside a garden wall when stars are bright you are in my arms". Era um frasquinho de caril, não era? Quero acreditar que sim. Pela cor, podia ser açafrão. Cara condessa, por vezes, o amor cria um novo espectro de rarefação da luz, e o que para alguns é amarelo, para uma pessoa apaixonada, volumosamente apaixonada, pode ser um arco-íris. Por isso, o frasquinho poderia ser outra coisa, mas o amor continua o mesmo. Ou mesmo outro. Mas, se for outro, é porque é maior.

Seu, Bonifaz Vogel

Adoradíssima condessa,

Sei que o mundo é muito pequenino. Não digo isto porque vivo num apartamento de quatro assoalhadas dividido por três pessoas. Digo-o porque o mundo é demasiado pequeno para esta paixão tão grande. No entanto, o mundo é muito grande, pois, por mais que estenda os meus braços, a minha alma, na sua direção, não consigo tocá-la. Veja a contradição. Por um lado, não caibo no mundo, por outro, não consigo tocar em alguém que já esteve tantas vezes a centímetros de mim, a contemplar os enlatados. A voz falta-me quando a vejo e revejo. Porém, ultimamente não a tenho visto. Mudou de supermercado? Voltando aos espaços que as coisas ocupam, eu poderia escrever um ensaio extenso, de páginas longas, de letras inacabadas, letras que se podem ler até ao infinito. A distância e tudo o mais é uma coisa complexa. Se o Eterno, um dia, desvendar este segredo, muita coisa mudará. Um dia seremos capazes de perceber como é que uma coisa finita encerra coisas infinitas e como é que, por exemplo, um coração tão dedicado como o meu, tão pequeno, tão cheio de artérias e sofrimento, pode conter coisas tão compridas como o amor. Coisas tão espaçosas como a paixão. Saiba, querida condessa, que eu creio no Eterno como uma criança a fazer um desenho. Acredito que o próximo desenho será melhor. É isso que eu penso sobre Ele: o seu próximo Universo será um desenho melhor. Ele também está a crescer: não é por acaso que anda tudo em expansão, não é por acaso que somos tratados como brinquedos.

Assim, o Eterno, tendo todo o tempo do mundo, poderá recriar tudo o que existe e não existe. E nós os dois, minha adorada, teremos uma eternidade de novos esboços, cada vez melhores, para nos encontrarmos um dentro do outro como aquelas bonecas russas. Eu dentro de si e a condessa dentro de mim, *ad infinitum.*

Ah, se a ciência a visse como eu vejo, não andava a ver estrelas através de um telescópio! A condessa é a melhor explicação para o Universo. Bastaria contemplar o seu perfil para saber tudo, adivinhar como nasceram as estrelas e como os nossos corações se tornaram planetas a andar à volta da infelicidade.

Eternamente, Bonifaz Vogel

Estou a escrever um livro novo

O letreiro dizia

"Humilhados & Ofendidos"

Mathias Popa subiu as escadas apertadas. A livraria era muito pequena, um cubo de infelicidades. No meio tinha uma ilha onde pontuavam os livros editados mais recentemente. As prateleiras tinham outros, os mais antigos, que cercavam o espaço. Era tudo de uma madeira solene e os livros tinham capas que pareciam celas de monges, muitas vezes monges cartuxos, tal era a simplicidade. Por cima de uma secretária que servia de balcão, havia uma reprodução de um quadro de Bruegel, *O triunfo da morte*, com a legenda: "Dresden, 1945". Mathias Popa percorreu o espaço que lhe convinha até chegar perto de Isaac Dresner:

— Estou a escrever um livro novo.
— É sobre quê? — perguntou Isaac Dresner.

— Sei lá. Sobre o amor ou sobre o ódio, a condição humana, essas coisas. De que é que tratam os livros?

— Esperava que fosse mais específico.

— Já ouviu falar na família Varga?

— Claro. Viviam em Dresden, tal como eu — respondeu Isaac Dresner.

— Então vivíamos todos lá.

— Você vivia em Dresden? Antes da guerra?

— Antes e durante. Vi aquilo a desabar tudo, o céu a desaguar em toneladas de bombas. Havia pessoas a voar como num quadro de Chagal. Era tudo muito artístico, mas um pouco macabro. Foram tempos difíceis. Hitler prejudicou um bocadinho os judeus. Você escapou, hã?

— Pelos vistos. Espanta-me que tenha vivido na mesma cidade que eu.

— Porquê? Havia lá muito mais gente. É normal que se encontrem um dia. Mas, olhe, é sobre Dresden que estou a escrever. Sobre os Varga e sobre Kokoschka.

— O pintor?

— Sim, mas ele não interessa muito para a história. Nem é dos meus preferidos. Desse tempo, gosto muito mais de Schiele e até do outro, de Klimt. Mas o que importa é a boneca fabricada por Hermine Moos, a boneca que Kokoschka mandou construir. Isso é que mudou o Universo, mas, acima de tudo, a minha vida. Mas conto-lhe mais coisas para a semana. Vá almoçar comigo à pizaria.

Isaac Dresner coxeava pelo seu passado

Os almoços entre Isaac Dresner e Mathias Popa foram-se sucedendo a uma cadência semanal. Por vezes, era Isaac que coxeava pelo seu passado e Popa ouvia-o. Outras vezes, era Popa a lutar contra as suas memórias e Isaac a escutá-lo.

— Este livro que estou a escrever é muito importante para mim. É o meu derradeiro — disse Popa.

— Como assim?

— Vou morrer e, pessoalmente, é muito importante deixar esta história escrita. Aquele sumério, o Enmerkar, foi condenado a beber água podre no Inferno mesopotâmico por não ter querido deixar escritas as suas façanhas. Não há maior pecado do que isso. E o castigo é deprimente, imagine aquela eternidade mesopotâmica só a beber água. Para mim, água, nem podre. Mas adiante: decidi que o meu amigo vai entrar neste livro. O senhor ainda não se compreende, mas, quando se vir escrito, muito mais grandioso do que é, verá como tenho razão. Ficará espantado consigo, com a boca aberta de espanto.

— Vou ser uma das suas personagens?

— Pelo contrário, Sr. Dresner, você é que é uma personagem da minha personagem. A minha criação é muito melhor, mais perfeita do que o senhor é, mais alta e tudo. Saiba que fiquei muito impressionado com a sua história passada numa caverna.

— Não era uma caverna, era uma cave. Foi o meu pai que a construiu já a guerra tinha começado.

— Uma cave, é claro! Nem me deveria ter enganado, pois é o lugar onde se guarda o vinho. Mas, no fundo, é tudo a mesma coisa: uma caverna, uma cave, um poço, o submundo, o Inferno, o Egito, as Finanças, isso é tudo o mesmo arquétipo. Eu nunca tive muita coragem para me enfiar no escuro. O sofrimento tem-me passado um pouco ao lado. É certo que não gosto de guerras nem de mulheres sem ancas espaçosas, mas, de resto, pouca coisa me afecta. Prefiro o vinho e as pizas ao sofrimento. Deve ser por isso que não passo deste destroço. Tal como o Sr. Dresner, que não faz justiça ao buraco onde esteve metido e não passa de uma voz cansada, deprimida, que já se esqueceu daquela juventude passada a contar as letras da Torá, a ler o *Zohar*, o *Sefer HaOr* e a criar golems debaixo da cama. Eu vou tirá-lo dessa gaiola com a ajuda de um livro que fala sobre uma boneca. O senhor não passa de uma sombra da caverna de Platão. A minha personagem é que é a sua verdade. Se algum dia sair da cave onde vive, verá que não tem passado de uma ténue imitação de si mesmo.

— O senhor mal me conhece.

— Encontrámo-nos umas vezes, e isso basta-me. Tenho uma grande capacidade para ver as pessoas como elas realmente são e não como se parecem ou como se vestem neste mundo. Eu percebo uma pessoa só de olhar para ela.

— Certo. Estou desejoso de ler esse seu livro. Disse que ia morrer?

— Vou, vou. Como todos nós, mas eu já tenho um prazo definido pelos médicos, não sei se me entende. Dizem que é no cérebro e não dá para operar. Também não queria ver estranhos a mexerem-me na cabeça. Sabe-se lá que ideias iriam descobrir.

— Lamento muito.

— Não lamente. Veja isso pelo lado positivo. Há sempre um lado positivo. Repare que o bigode do Hitler tinha muita piada no Charlot. E o bigode do Charlot era abominável num Hitler. Uma coisa igualzinha, se mudarmos o contexto, determina a nossa alegria ou a nossa tragédia. Duchamp é que tinha razão com aquilo do urinol: é o contexto que cria a arte e o drama e a desgraça e a felicidade. Ponha a minha morte num contexto que a favoreça. Verá que não custa nada. Ponha o bigode do Hitler no Charlot. Oiça: daqui a dois meses, tenho o livro pronto. Os médicos dão-me mais tempo, mas não quero arriscar. Um médico é como um meteorologista: nunca acerta no tempo.

A BONECA de KOKOSCHKA

~ MATHIAS POPA ~

EURÍDICE! EURÍDICE!

MATHIAS POPA
nasceu em Dresden.
É um músico excepcional que tocou
com grandes nomes do *jazz*. Este é
o seu terceiro livro. Foi autor das obras
O livro do êxodo e A confissão de um ladrão.
Vive em Paris em constante desespero.
A sua única companhia são pizas
e vinho tinto.

A boneca de Kokoschka:
HISTÓRIA DE ANASZTÁZIA VARGA

Capítulo
— 1 —

Anasztázia Varga, avó de Adele, era filha de um húngaro excêntrico e milionário (ou vice-versa), que era pai de mais de cinquenta filhos, apenas oito legítimos, chamado Zsigmond Varga. Anasztázia estava incluída nesta última categoria e era a mais nova. Sempre fora uma personagem simpática que sabia sorrir e tinha essa trágica característica que se chama altruísmo. Era incapaz de passar ao lado da miséria sem se comover enormemente. Muitas vezes as lágrimas corriam-lhe pelas faces coradas, bastava ler um livro que descrevesse a pobreza ou passar por um pedinte à entrada da igreja. Anasztázia Varga tinha uma cara redonda, com maçãs do rosto salientes, muito ao estilo magiar, nariz fino, quase como a lâmina de uma faca de cozinha, lábios ainda mais finos, dentes muito brancos, uns ao lado dos outros, sem pressas, sem sobreposições, sem desvarios, num maxilar que, de tão perfeito, parecia artificial. O cabelo era liso e escuro, tal como a alma humana. Mesmo as mais luminosas. A sua vida não tem grande história à exceção de uma que haveria de marcar o seu destino de modo tão vincado que lhe faria crescer um pequeno caroço de loucura e uma gravidez indesejada.

Aconteceu no ano de 1946, uma altura conturbada. A Segunda Guerra Mundial tinha acabado — e tinha acabado com Dresden — e a família de Varga desmantelara-se sem muitos sobreviventes. Todos os homens da família haviam morrido na guerra, alguns heroicamente, outros cobardemente, outros acidentalmente. Aos bombardeamentos infinitos (porque estas explosões são muito mais profundas do que atestam os alicerces dos edifícios) a que a cidade se viu sujeita, e que mataram largos milhares de civis, só sobreviveram Anasztázia, o próprio Zsigmond Varga e quatro netos que haveriam de morrer de escarlatina uns meses depois de terminada a guerra. Enquanto os recursos médicos eram escassos, os recursos da Morte eram, tal como sempre foram, demasiado extensos: por vezes, fugimos de um urso para encontrar um nazi; outras, fugimos de um leão para encontrar um micróbio devastador alojado nos nossos órgãos. Fugimos do que está fora, correndo com o inimigo dentro do corpo. Por vezes, sobrevivemos a um holocausto para sermos tolhidos por um estreptococo beta-hemolítico do grupo A.

Capítulo
— 1 —

Um dia, estava Anasztázia a passear numa das margens do Elba, juntamente com uma criada, quando ouviu um gemido baixinho quase misturado nas águas do rio. A criada acelerou o passo agarrando o braço de Anasztázia, mas esta, pelo contrário, desacelerou tentando perceber de onde vinha aquele lamento escuro. Eram pouco mais de duas da tarde, mas a imagem era noturna. Um negro gigante estava deitado junto a um murete. Anasztázia não hesitou e mandou a criada chamar o Dr. Braun, que era o médico da família. Enquanto isso, sem saber o que fazer, tirou o seu casaco e tapou aquele gigante que tremia de febre com os olhos revirados mostrando todo o branco que possuíam. Depois, Anasztázia cantou-lhe umas canções, desafinando muitas vezes.

Capítulo
— 2 —

Quando Braun chegou com um enfermeiro e a criada, depressa perceberam que precisariam de mais gente para carregar aquele homem.

— Está muito doente — disse Braun. — O mais provável é não resistir. É uma pneumonia. Levamo-lo para minha casa, mas duvido que seja possível fazer alguma coisa. De resto, precisamos de mais gente.

Virou-se para o enfermeiro, dando-lhe algum dinheiro:

— Arranja dois homens capazes de pegar em pesos para nos ajudarem.

O enfermeiro apareceu com um homem ruivo, de grandes costas e um barrete de marinheiro que ali, em Dresden, dava um ar completamente desajustado. O outro era um mendigo que não parecia poder ser de grande ajuda: curvado e velho, com uma barba suja. Acabou por se revelar um homem enérgico, com certeza muito mais novo do que aparentava a desgraça que poderíamos chamar a sua aparência física. Ambos falavam demasiado rudemente, mas Anasztázia estava mais ou menos habituada. Já vira muitas coisas. O médico advertia-os constantemente, mas sem qualquer efeito.

O negro enorme foi levado para casa do médico, onde ficou num quarto que este possuía nas traseiras e que servia para emergências como aquela. Era um espaço rodeado de heras que ficava a uns sete ou oito metros da casa principal. O quarto, apesar de pequeno, estava sempre frio, talvez devido à própria construção e à distância a que estava da casa. A antiguidade das portadas e das janelas não ajudava.

O doente tossia e tremia, mas quem olhava para aquele corpo de catedral não duvidava das capacidades que teria para vencer qualquer doença. Anasztázia nunca deixou de o visitar todos os dias, ficava horas à sua cabeceira, muitas vezes segurando-lhe a mão e colocando-lhe panos húmidos na testa, quando a febre subia demasiado. Cantava para ele, nem sempre afinada, rezava e lia livros, e o homem foi recuperando. A tosse foi-se soltando, a febre foi desaparecendo e o Dr. Braun soube manter a discrição. Não era de bom tom, para Zsigmond Varga, uma jovem como Anasztázia ter aquelas atividades tão cristãs. Por isso, o pai de Anasztázia não sabia o que se passava.

Eduwa, que era o nome do homem, levantou-se um dia e o Dr. Braun foi encontrá-lo nas traseiras, com um machado, a cortar lenha. Estava em tronco nu, apesar das temperaturas negativas, e o seu corpo exalava saúde e gotas de suor. A cada machadada, Eduwa soltava um grunhido capaz de paralisar o vento. O Dr. Braun repreendeu-o, já que Eduwa necessitava de repouso. Ele não pareceu compreender pois continuou a cortar lenha com o seu físico tremendo. Braun percebeu que estava restabelecido, mas não teria lugar para ele lá em casa. Anasztázia prontificou-se a arranjar-lhe um trabalho que o fizesse viver com dignidade. Como ela tinha a seu cargo, mais ou menos, a gestão doméstica da casa dos Varga, não foi difícil pôr Eduwa a trabalhar como jardineiro na propriedade do pai.

Capítulo
— 3 —

A propriedade dos Varga tinha, junto à rua, uma bela casa, com um terreno bastante grande — considerando que estamos a falar do centro de uma cidade — cheio de árvores de fruto e ornamentais, ervas aromáticas e muros de pedra. A casa fora projetada pelo arquiteto húngaro Imre Lakatos e tinha sete andares. Era uma cópia perfeita de outra que o milionário havia mandado construir em Budapeste. Nessas duas casas, primeiro em Budapeste, depois em Dresden, viveram, até ao eclodir da guerra, os filhos legítimos de Zsigmond Varga. Anasztázia nasceu em Dresden e nunca conheceu a cópia húngara da casa. Também nunca conheceu a sua irmã mais velha, chamada Lujza, que fora renegada e expulsa do lar devido a uma paixão proibida.

Eduwa vivia feliz por ali. Todos os dias colhia flores que deixava junto ao quarto de Anasztázia. Ela usava-o como confidente e ele permanecia calado, apenas ouvindo. Anasztázia contava-lhe sobre os seus temores, sobre os seus amores, sobre roupas, sobre indecisões, e Eduwa ouvia, calado, com o seu corpo profundo, as suas mãos abissais e o seu silêncio longínquo. Ela encostava a cabecinha ao ombro do gigante e ele ficava com os olhos molhados. Quando ela suspirava, ele fungava mexendo as pernas de nervoso. Ela passava-lhe a mão pela cara envelhecida pela infelicidade (que envelhece muito mais do que o tempo) e ele comovia-se ainda mais, sentindo a sua pele negra aquecer como se houvesse sol a brilhar sobre si.

Eduwa viveu feliz durante alguns meses, até alguém contar a Zsigmond Varga que a sua filha Anasztázia tinha uma relação íntima com o jardineiro. A relação era de pai para filha e vice-versa, conversava um pouco com ele, dava-lhe comida, sorria-lhe, e muito pouco além disto. A comida que Eduwa recebia de Anasztázia, partilhava-a com todos os outros que trabalhavam na propriedade. Evidentemente, foi uma destas pessoas, que tantas vezes comia o pão de Eduwa, que deixou um bilhete a Zsigmond Varga denunciando as preferências de Anasztázia. O velho, implacável como era, pegou numa arma e correu para a cabana do jardineiro. Anasztázia também, facto que salvou Eduwa, pois esta não largou o pai e a arma disparou para o céu, falhando Eduwa, mas acertando no destino. O jardineiro fugiu e correu para casa do médico. No dia seguinte, o Dr. Braun mandou um recado a Anasztázia: Eduwa estava em sua casa. Ela correu para casa do médico, muito nervosa, e, depois de analisada a situação, Anasztázia decidiu que arrendaria um pequeno apartamento com a mesada que o pai lhe dava. Afinal, a mesada não era assim tão grande, mas Eduwa pôde viver numa pequena divisão que fazia parte de um edifício público. Sempre que podia, Anasztázia levava-lhe comida e discos (pois tinha-lhe oferecido uma grafonola). Por vezes, dançava com ele, apesar do seu embaraço e da sua rigidez. Eduwa mexia-se como uma colher de pau a mexer a sopa. Anasztázia agarrava-o pela cintura (que lhe dava pelo peito) e rodopiava com ele conforme podia conduzir aquela montanha de infelicidade. Nessas alturas de embaraço, Eduwa sorria, meio negro, meio corado, olhando para baixo, embevecido. Muitas vezes babava-se e sorvia a saliva num ato desesperado, para que aquilo não sujasse o ombro de Anasztázia. Um dia, no Outono de 1948, Anasztázia levava ao seu protegido, num cesto de verga, uma galinha cozinhada no forno. Quando chegou com o cheiro de comida acabada de fazer, Eduwa aninhava-se a um canto, provavelmente porque tinha caído da cama, enrolado nuns trapos, a tremer. Estava cheio de febre, os olhos raiados de sangue, o corpo todo a abanar, como um leque, uma tosse espessa capaz de arrancar árvores pelas raízes. Desta vez, quando o Dr. Braun chegou ao pé dele, foi apenas para adiar o inevitável. Eduwa acabaria por morrer. Mas, porque estava tão feliz ao ver o rosto de Anasztázia junto a si, proferiu uma frase que haveria de selar o destino da rapariga: disse-lhe que tinha de pagar aquela felicidade e devia uma oferenda a Oshun. Agarrou-lhe no braço e fê-la prometer que o faria. Quando Anasztázia lhe perguntou onde deveria fazer essa oferenda, ele respondeu com a sua simplicidade do costume: em África, na Nigéria.

Capítulo
— 5 —

Qualquer pessoa teria esquecido aquele pedido insano, teria afagado aquela mão moribunda e ter-se-ia despedido com um beijo na testa e algumas lágrimas, mas Anasztázia cumpriria o pedido de Eduwa. Enterrou o amigo e, no dia seguinte, falou com o pai: queria viajar, conhecer o mundo. Precisava de dinheiro. Zsigmond Varga nem levantou os olhos da sua secretária. Limitou-se a abrir uma gaveta e a entregar-lhe um enorme maço de notas.

— Deve chegar — disse. — Viajar faz muito bem ao espírito e é melhor do que perderes-te nos teus sentimentalismos. Os preguiçosos que tens o hábito de querer ajudar precisam é de um chicote. Se tiverem dinheiro, embebedam-se, não trabalham, não fazem desse dinheiro mais dinheiro. Com uns açoites, produzem qualquer coisa. Se os queres ajudar, tens de os chicotear como aos animais. Um burro sem jugo é um onagro. Vais primeiro para Paris ou para Londres?

— Paris — respondeu Anasztázia, sem precisar que seria de Paris que partiria para África.

O pai não respondeu. Tinha-se debruçado de novo sobre os seus enigmáticos papéis cheios de números e gráficos.

Anasztázia chegou a Paris no mês seguinte com uma mala quase do seu tamanho. Não foi diretamente para a Nigéria pois contava aproveitar a viagem para conhecer o mundo. Isso incluía Paris e alguns países europeus, mas também todo o Norte de África.

Capítulo
— 8 —

Em Setembro de 1949, enquanto Anasztázia viajava, foi fundada a República Federal da Alemanha e Zsigmond Varga largava o seu último suspiro nesse mesmo dia. Comeu uma refeição pequena, incapaz de conter um vinho demasiado espaçoso. Decidiu andar um pouco para desanuviar a digestão e dirigiu-se ao anexo onde mantinha a sua colossal coleção de borboletas, vivas e mortas. Um dos jardineiros encontrou-o caído, a arquejar, com umas borboletas (*Papilio demodocus*) a abanarem as suas asas por cima do moribundo. O jardineiro baixou-se para ouvir o que ele dizia, mas a única coisa que conseguiu perceber foi a palavra balança. Quando Varga expirou, baixou-lhe as pálpebras e largou a correr para alertar o resto dos empregados. Varga ficou estendido no chão com a boca aberta. O Dr. Braun, mal soube do sucedido, correu até à casa de Zsigmond Varga e afastou os criados. Alguns choravam para fora, outros sorriam para dentro, outros faziam ambas as coisas. Braun enxotou-os do anexo com palavras bruscas e gestos graves, ficando apenas na companhia de um polícia que, depois da chegada do médico, se manteve respeitosamente afastado do corpo. Braun debruçou-se sobre o cadáver do milionário e pareceu-lhe ver uma borboleta a sair da boca do morto, como se fosse a alma do velho. O médico ficou parado a observar-lhe o voo que embatia contra os raios de sol que perfuravam as nuvens e os vidros da gigantesca estufa do anexo. O olhar do médico seguiu a borboleta até a perder de vista, misturada com aquela luz de três da tarde que entrava pelo edifício. Braun esfregou os olhos para recuperar a visão magoada pela luz intensa do Sol e voltou a olhar para baixo, fechando a boca escancarada de Varga (parecia um "O" grande, parecia a boca aberta de um homem sem alma). Redigiu o óbito e tentou avisar as duas filhas, Anasztázia e Lujza, as únicas pessoas que poderiam querer saber da morte de Zsigmond Varga. Braun, porque pretendera dar a notícia de um modo mais pessoal, quis adiantar-se a qualquer medida legal tomada pelo advogado de Varga e anunciar, ele próprio, o óbito, mas não conseguiu localizar nem uma nem outra das filhas legítimas do milionário. Acabou por ser o advogado da família a encontrar Lujza e Anasztázia. A primeira foi descoberta num cemitério de Munique, morta há mais de dez anos. A segunda continuou as suas viagens durante dois anos e meio sem saber da morte do pai. Escrevera uma única carta durante todo aquele tempo, ainda o pai estava vivo. O advogado acabou por conseguir contactá-la no Hotel Lagos, em Daomé. Ela não pareceu importar-se com a notícia, pois continuou a viajar durante meses e nunca mais voltou a Dresden. Com algum jeito, parte da herança de Varga foi recebida por Anasztázia, mas apenas o possível: algum dinheiro de vendas, algum dinheiro no banco, algumas propriedades em Paris, Estrasburgo, Francoforte e Nuremberga.

A boneca de Kokoschka:
ADELE VARGA

Capítulo
— 13 —

Tirou um cigarro. Encostada a uma parede, Adele tirou um cigarro.

Capítulo
— 21 —

Adele Varga tinha uma avó na cama. Doente e sem grandes esperanças, ou assim diziam os oráculos médicos. Deitada, esperava a morte, mas era daquelas pessoas capazes de se deitar, como alguns lutadores, para melhor lançarem um golpe às pernas do adversário. Anasztázia Varga tinha uma resistência coriácea e a sua vida era coisa para ser mantida. Não estava agarrada à cama, como se dizia, mas à vida. Adele passava longas horas a seu lado, lendo alto, a maior parte das vezes. Outras, ouvia a história da vida da sua avó, uma história mais comprida do que um segmento de reta infinito. Ouvia muitas vezes o momento em que Anasztázia se apaixonara. Voltava da Nigéria, de barco, depois de ter feito a oferta a Oshun, quando conheceu um alemão, moreno como um cigano espanhol e capaz de palavras subterrâneas, das que entram por túneis na alma das pessoas. Dizia que fora uma coisa fulminante, como a criação do Universo, um *big bang* pessoal. Antes havia nada e de repente havia tudo. Copérnico tinha feito a Terra andar à volta do Sol e o alemão (com ar cigano) tinha feito o Universo andar à sua volta. Passaram uns dias de fervor religioso em sexo inacabável. Um dia, ele levantou-se da cama, calado, vestiu-se e saiu sem que Anasztázia percebesse o que acontecera. Saiu e não voltou, mas o destino estava cumprido. Quatro semanas depois, Anasztázia percebeu que estava grávida. Nunca mais ouviu falar de Popa. Anasztázia conformou-se sem nunca se conformar. Vivia as memórias daquela paixão e não era capaz de ser feliz para além dessas recordações. Casara-se em Paris com um homem cumpridor, de aspecto cumpridor. Tivera dois filhos desse casamento e várias infelicidades. Nunca esquecera os momentos vividos no barco que a trouxera de volta à Europa. Tinha consciência de que esses momentos eram mágicos porque estavam inacabados, eram uma obra aberta, um destino de possibilidades, sem o desgaste de uma vida em comum. As grandes paixões vivem disso, da falta de verdadeira intimidade. Mas, mal ou bem, aquilo era uma paixão violenta, virulenta, incapaz de a deixar viver uma vida de tédio com toda a banalidade que lhe é exigida. Anasztázia Varga continuava a suspirar, passados aqueles anos todos, por Mathias Popa. Estava a morrer e o seu único prazer era aquele nome a descair dos seus lábios como fruta madura, como desespero maduro.

Capítulo
— 34 —

AS MEMÓRIAS NÃO SE GUARDAM
APENAS NA CABEÇA, NO CORPO TODO,
NA PELE, MAS TAMBÉM EM CAIXAS DE CARTÃO
ESCONDIDAS/ARRUMADAS EM GUARDA-FATOS.

Adele ouviu muitas vezes aqueles suspiros e um dia tomou uma decisão: iria procurar o tal homem que era o seu avô. Estivesse vivo ou morto. Partiu em direção ao guarda-fatos, àquela caixa de cartão onde se guardam as memórias, para ver se encontrava alguma pista. E isso resumia-se a um cartão onde podia ler-se: "Kenoma & Pleroma, Lda." e, no verso, o nome: Mathias Popa. Outro cartão, de um restaurante italiano, tinha um simples "amo-te" escrito a tinta permanente.

Tal como deve ser escrito o amor: a tinta permanente.

Adele, depois de estar na posse do nome de uma empresa e de uma declaração de amor permanente, decidiu procurar o dono daquele cartão e do coração da sua avó. Não encontrou nada, por isso, contratou um detective. O escritório dele não tinha uma ventoinha no teto nem estores de lâminas. O homem não usava gabardine, nem sequer era um fumador. Nada daquilo se parecia com um filme. Filip Marlov era um homem robusto, de queixo largo e nariz de *boxeur*. Usava calças de ganga, ténis e casaco de fato. Adele contou-lhe a história da sua avó e entregou-lhe um cartão e algum dinheiro. Marlov aceitou o trabalho.

— Aceito — disse ele.

Adele fez um sorriso abstrato e disse que ainda bem. Queria resultados rápidos, não tinha tempo a perder. Se fosse preciso, pagaria mais.

Capítulo
— 55 —

Filip Marlov encheu os bolsos com rebuçados. Estavam num prato em cima do balcão da alfarrabista. A luz da manhã entrava apressada pelas filas de prateleiras, fazendo voar o pó. As janelas em arco, de pedra, com vidros coloridos na parte de cima, tinham livros deitados nos parapeitos. O chão de madeira rangia.

— Vinha falar com Agnese Guzman.

— Sou eu — disse a mulher do outro lado do balcão. — O que deseja?

Trazia um avental branco e um pano na mão. Os óculos, pendurados no nariz, estavam sujos. Marlov via isso claramente. Duas dedadas nítidas na lente esquerda, algum pó, uma mancha embaciada e outra escura, mais dedadas na lente direita.

— Chamo-me Filip Marlov. É sobre aquele assunto, o tal livro...

— Sim, claro. Vou buscá-lo.

O detective batia os dedos contra o balcão. Passou

a mão pelos cabelos — completamente leitosos, apesar de pretos — e voltou a tamborilar os dedos. Agnese Guzman chegou com um livro na mão. A imagem da capa era composta de círculos concêntricos, dez deles atravessados por um raio de luz que provinha dos quatro caracteres hebraicos que compõem o nome de Deus. A edição era de 1978, de uma editora chamada Kenoma & Pleroma, Lda. Marlov leu o título — *Tzimtzum!* — enquanto agarrava no livro.

— Quer um chá? — perguntou ela.
— Não, obrigado.
— Vou buscar o bule.
— Não é preciso.
— É para mim.
— Ah, claro.

Filip Marlov devolveu o seu olhar à capa do livro que tinha na mão. Agnese Guzman afastou-se. O soalho quase não rangia. Voltou com um bule fumegante e serviu-se. Os óculos embaciaram.

— Tem a certeza de que não quer?
— Obrigado.

Marlov, por impulso, puxou de um lenço e entregou-o a Agnese Guzman. Ela tirou os óculos e limpou as lentes com um sorriso. O detective folheava o livro.

— Há aqui um envelope dentro do livro — disse Marlov. — Alguém que se esqueceu...
— Faz parte da edição. A princípio, também julgava que alguém se tinha esquecido dele, mas faz parte da obra.
— Estranho.

— O envelope tem um capítulo adicional e um epílogo que desvenda os verdadeiros motivos do assassinato.
— Do assassinato?
— Sim. Essa história, como poderá ler na introdução, é verdadeira. Ou assim alega o autor. Sabe, Sr. Marlov, nós vemos o mundo através de lentes sujas. Mesmo quando usamos óculos impecavelmente limpos. Tem aqui o seu pano.
— Quanto é? — perguntou ele.
— Está aí escrito.
Ele tirou a carteira e pagou. Esperou que ela embrulhasse o livro e saiu apressado.

Capítulo
— 89 —

Adele subiu as escadas luminosas que davam para o escritório de Filip Marlov. A decoração era tão ridícula que nem num hotel de cinco estrelas ficaria bem. Adele sentou-se numa sala de espera com televisão e revistas desatualizadas. Parecia estar à espera do dentista. A secretária era uma mulher de cerca de quarenta anos, com óculos de massa e cabelo pintado de amarelo. Tinha, junto aos olhos, umas rugas descaídas que não a favoreciam. Os brincos dourados alongavam-na em excessos de decoração.

— Pode entrar. O Sr. Marlov já a pode atender — disse ela, entrando pela sala sem parar de limar as unhas.

Adele Varga entrou no escritório e sentou-se. Filip Marlov cumprimentou-a, levantando-se com uma ligeira vénia.

— Então? — perguntou Adele ao seu estilo direto no queixo.

— Encontrei este livro dessa editora, da Kenoma & Pleroma, Lda.

Adele pegou no livro. Tinha uma imagem da Criação do Universo, o logótipo da editora, o nome do autor em letras negras, Joaquim Hrabe, e o livro intitulava-se *Tzimtzum!*

— Não foi fácil arranjar um exemplar. Não é a minha especialidade, encontrar objetos desses.

— Livros — disse Adele enquanto folheava *Tzimtzum!* — É o nome que se dá a objetos desses.

— Isso. Como dizia, não sou especialista. Comecei por falar com alguém que se move bem nesses meios e que me pôs em contacto com outra pessoa que, por sua vez, me deu um telefone de...

— Sim, já percebi a ideia. E, além deste livro, o que é que descobriu?

— Não encontrei nada. Procurei livros dessa editora porque não consegui encontrar qualquer informação relevante sobre ela. Não parece ter existência física. Encontrei algumas moradas relativas a eventos, mas nada mais do que isso. Contactando os responsáveis pelos locais onde a editora andou, ninguém me soube adiantar nada de importante. Logrei obter dois endereços. Um em Espanha e outro na Bélgica. Constatei que a morada espanhola não existe nem nunca existiu e que a morada belga é de uma casa de chocolates estabelecida há mais de oitenta anos, oitenta e sete, para ser preciso (eles gabam-se muito disso, com toda a razão, são muitos anos a fazer bombons). Dê-me mais uma semana. Arranjo-lhe a morada desse Hrabe.

Capítulo
—— 144 ——

Na semana seguinte, Adele Varga subiu as escadas do escritório de Filip Marlov. Ia a fumar e usava um chapéu branco que pertencera à sua mãe. Cumprimentou a secretária que a fez esperar um pouco. Adele sentou-se com as pernas cruzadas, a baloiçar a de cima. Passados dez minutos, saiu um cliente do escritório do detective sem *glamour*. Um homem suado, de fato de flanela. Parecia feliz com a reunião que acabara de ter. Deixava um rasto de cheiro enquanto caminhava.

Adele entrou no escritório desprovido de ventoinha no teto. Marlov usava um colete de cabedal por cima de uma *T-shirt* branca. Uma tatuagem com um dragão saía-lhe pela manga, provavelmente asfixiado pelo suor que se sentia naquela divisão.

— Tem novidades? — perguntou ela depois de apertar a mão ao detective.

— Bom, não é um caso fácil. O nome do autor

do livro que lhe entreguei, o tal *Tzimtzum!*, deve ser um pseudónimo. Impossível contactar um sujeito destes: um pseudónimo, descobri recentemente, é um autor incontactável. Sabe, é como aquelas coisas que se penduram nas maçanetas do quarto do hotel para manter as empregadas da limpeza longe da nossa cama desfeita. É um sinal de ocupado, mantenha-se longe, é isso que é um pseudónimo. Sabemos que a pessoa está dentro daquele nome, mas nem pela fechadura dá para espreitar. Foi uma semana intensa, a tentar conseguir informações através de livreiros e isso. Fiz um excelente trabalho, devo dizer-lhe, pois descobri um homem que tem em seu poder vários livros da editora Kenoma & Pleroma, Lda. Um deles é um livro de viagens chamado *Viagens para além da morte*, escrito por um tal Moisés Kupka. Deixe cá ver nas minhas notas: é um livro em que o autor descreve as suas viagens por todo o mundo visitando túmulos e cemitérios. Há um segundo que se intitula *Contração divina* e é de um indivíduo chamado Nicolau de Cusa. Investiguei este sujeito para ver se arranjava uma morada ou um telefone, mas ele era renascentista, época sem telecomunicações. Descobri que este Nicolau era um filósofo e que esse livro é uma tradução do latim. E, por fim, há um terceiro livro, de uma editora diferente, mas o homem, o dono do livro, jura pertencer à Kenoma & Pleroma, Lda. É um livro de poesia de um tal Ladislau Ventura, um poeta português. Pelo que pude investigar, é mais um autor que parece um sabonete de tão escorregadio.

— Esse homem vende os livros?
— Não vende. Parece muito agarrado a eles.
— Ou seja, durante uma semana de trabalho, não conseguiu uma única informação de jeito.
— Não é bem assim. O homem não vende os livros, mas hoje de manhã fui falar com ele pessoalmente. Mora aqui perto, é um relojoeiro reformado. Tal qual como Deus.

Marlov fez uma pausa dramática antes de continuar:
— É da família de um escritor que agora vive em Marrocos. Um autor que publicou através da Kenoma & Pleroma, Lda.
— Tem os contactos dele? Falou com ele?
— O negócio é todo muito estranho.
— Como assim?
— Conhece um livro chamado *The club of queer trades*?
— Nunca ouvi falar. Falou com ele ou não?
— Telefonei-lhe, mas não percebi nada do que ele me disse. Falava um francês com sotaque italiano, mas perfeitamente claro. Tão claro que pude perceber facilmente que o conteúdo era incompreensível. Eu não sou burro, Mlle. Varga, por isso, ou estamos perante um tema difícil ou o homem complica-o de propósito. Fiquei com isto na cabeça, que ele repetiu mais de uma vez: *The club of queer trades*. Investiguei e percebi que é o título de um livro de um tal G. K. Chesterton. Comprei o livro e folheei-o, mas sem perceber algo que adiantasse alguma coisa à investigação. Creio que a única solução é falar com ele pessoalmente. Por isso,

se quiser que eu vá ter com ele, preciso de dinheiro para a viagem.

Adele não pensou muito antes de recusar a ajuda do detective.

— Dê-me a morada desse escritor que eu própria irei ter com ele.

Marlov assim fez, sem qualquer relutância aparente. Adele despediu-se e saiu do escritório, deixando para trás um ar do seu perfume e mais um cheque. As suas pernas finas, modeladas como chuva a cair, davam-lhe um ar extremamente decidido. Quando se levantava e caminhava com a sua magreza, o seu nariz fino e um penteado resoluto, não deixava de impressionar quem a olhasse. A tensão com que arqueava as sobrancelhas, como se todos fossem apenas seus inimigos, deixava uma marca sólida no ar, uma sensação de força. Adele era muito magra, baixa, mas dava a sensação de ser um arranha-céus com uma minissaia de cabedal. Filip Marlov não conseguiu reprimir um estalo da língua.

Capítulo
— 233 —

Adele Varga apanhou um táxi, diretamente do escritório de Marlov para o aeroporto. Conseguiu um bilhete para Casablanca, num voo que partiria dali a três horas. Enquanto esperava, comprou um hambúrguer, uma mala com rodinhas, alguma roupa interior demasiado requintada para o seu gosto, uma escova de dentes e respectiva pasta, uma garrafa de gim (para empurrar o hambúrguer), um volume de maços de cigarros turcos e duas *T-shirts* perfeitamente brancas. Meteu tudo na mala, exceto o hambúrguer, e passou pela máquina de raios-x com as suas pernas finas, os seus lábios finos, o seu nariz fino, o cabelo negro e muito liso.

Sentou-se ao lado de um homem de meia-idade, leitor de inúmeros jornais e proprietário de um pequeno bigode preto, colado ao lábio.

Adele saiu do avião sentindo o calor de Marrocos. Dirigiu-se a um balcão para comprar um voo para

Marraquexe. Seis horas depois, muitas das quais passadas a dormir numa cadeira de plástico, embarcou. O avião era pequeno e não levava mais de trinta passageiros, uma fila de cada lado, uma hélice em cada asa. Aterrou com agressividade, como se não gostasse do chão, mas Adele nem pestanejou.

Alojou-se num *riad* que ficava a duzentos metros da praça Djemaa El Fna. Tinha preços muito mais modestos do que o habitual para hotelaria deste género, mas também não oferecia o mesmo. Facto completamente irrelevante para Adele. Este *riad* fora-lhe aconselhado pelo motorista do táxi, que afirmou ser primo da dona. O grau de parentesco não foi confirmado, mas Adele Varga acatou o conselho.

Dormiu um pouco para recuperar dos dois voos e depois foi passear. A tarde prometia, o calor mostrava algum pudor, e Adele caminhou até Djemaa El Fna. Acariciou dois gatos mais dados a carícias e interrogou-se sobre a falta de cães. Na praça deixou-se agarrar por miúdos e bebeu um sumo de laranja. Jantou e usou o telefone do hotel para falar com Nicolas Marina, o autor do livro editado pela Kenoma & Pleroma, Lda. Do outro lado do telefone atendeu uma voz rouca. Adele combinou um almoço, no dia seguinte, num restaurante sugerido por ele, na zona nova.

Capítulo
— 377 —

As grandes janelas para a Boulevard Mohamed VI não facilitavam o mau aspecto do restaurante.

— Por vezes, é nestes lugares, com estas janelas, que se come melhor — disse Nicolas Marina.

A comida veio confirmar a enormidade das janelas. Marina comia à mão com o auxílio do pão, Adele tentava usar os seus talheres. Uma luta desigual que acabou com dois cafés.

— Um homem da Kenoma & Pleroma contactou-me em 1962 para escrever um livro muito especial. Tudo era muito estranho. Lembro-me perfeitamente, tinha acabado de editar o meu primeiro livro com algum sucesso. Chamava-se *O ovo de Orfeu*, uma obra que ficava entre o ensaio e o romance. Por essa altura, apareceu-me um homem a bater à porta, em Verona, que era onde vivia nessa época, num segundo andar da mesma rua onde Romeu e Julieta tinham forjado a intriga shakespeariana e posto o mundo a suspirar. O tipo entrou a coxear. Por causa da perna manca, até lhe perguntei: você é advogado ou é o quê? O homem não respondeu. Sugeriu-me escrever uns livros imensos, vastos, obras impossíveis. Queria que eu escrevesse vidas de pessoas, vidas imaginárias. Nada que a literatura não fizesse já, disse-lhe eu. Não está a perceber, disse-me ele, isto é completamente diferente, nós não queremos personagens, queremos pessoas, e isso implica que haja outro tipo de percepção. Queremos que as personagens interajam na vida real como qualquer outra pessoa. Ora, isso é impossível, disse eu ao homem. Eu era um jovem com ambições, mas aquilo parecia-me uma duplicação do cubo, uma quimera, uma trissecção de um ângulo. Ele, em contrapartida, mostrou-me um cheque irrecusável e eu escrevi vidas atrás de vidas. O meu primeiro trabalho para aquela editora foi um livro chamado *As reencarnações de Pitágoras*. Foi um dos meus insucessos mais bem-sucedidos.

— Continuo sem perceber muito bem a natureza do pedido que lhe fizeram. Qual era o objetivo?

— Não lhe sei responder muito bem, porque quando vi o cheque deixei de fazer perguntas. Por que raio de motivo haveriam de me pagar aquela quantia despudorada apenas para escrever um livro sobre vidas de pessoas e depois escrever mais livros atribuídos a algumas dessas pessoas? Pensei nisto durante anos, não julgue que não, mas a única conclusão a que cheguei é que rendeu bastante dinheiro. Portanto, escrevi o livro *As reencarnações de Pitágoras* e depois fui intimado, digamos assim, a escrever livros supostamente escritos por personagens daquele livro. Escrevi três que foram publicados por editoras diferentes, ou por marcas da mesma, com a autoria atribuída às personagens que havia criado para o livro *As reencarnações de Pitágoras*. Isso deu uma confusão no mundo académico que você nem sonha. Andei em tribunais e tudo. Mas eu não tinha aprendido, pois ainda escrevi um livro maior do que *As reencarnações de Pitágoras*. Nem imagina como tudo isso me consumiu. Doía-me a imaginação de tantas páginas escritas. Mas cada vez me eram exigidas mais coisas, e eu percebi que aquilo não era para mim. Acho que o tal homem tentava fazer-me compreender qualquer coisa profunda, mas a minha mente obstinava-se em não o compreender. Ele falava em paz e dizia uma frase, daquelas sentimentais, que a sabedoria traz sempre concórdia. Paz, dizia ele. Só faltava falar-me em amor. Eu sempre fui um escritor de subterrâneos, amigo de ratos e baratas, a minha escrita sempre viveu de coisas escuras e de vãos de escada. Isso de paz e de amor são coisas que eu sempre evitei. Eu não sou estúpido nenhum, Mlle. Varga, mas juro que não compreendia aquilo. Chegou a pedir-me que criasse boatos e os fizesse circular. Boatos sobre as tais personagens criadas por mim. Imagine: quando escrevia para um jornal, deveria introduzir um escândalo protagonizado por uma pessoa imaginada por mim. Como se fosse verdade. Tudo isto me confundia. Ele fartava-se de dar-me motivos, mas aquilo parecia mais uma religião do que uma profissão. Começou a arrepiar-me. O tipo coxeava e tudo. Enfim, um dia, quando o homem me apareceu com mais pedidos extravagantes, mandei-o enfiar no cu o cheque que ele trazia. Não queria saber daquilo, estava farto e assustado. A verdade é que tinha acumulado dinheiro suficiente para poder mandar enfiar cheques em buracos obscuros ou em vãos de escadas. Mas nem imagina o alívio que senti. Parecia que o Diabo me tinha devolvido a alma. Nessa noite, apanhei uma bebedeira tão grande que se sentiu a ressaca a mais de cento e oitenta quilómetros do meu epicentro.

— Tem exemplares desses livros?
— Os que tinha... destruí. São livros malditos.

Nicolas Marina e Adele Varga falaram durante algumas horas. Caminharam um pouco junto ao rio.

— Tem algum contacto desse homem ou da editora?
— Não tenho: não nos ligue a nós, nós ligamos-lhe a si, não sei se está a seguir a ideia. Era a política deles. O homem chamava-se Samuel Tóth, mas nunca mais ouvi falar dele. Contudo, fui recebendo correspondência da editora, da Kenoma & Pleroma, Lda., com publicidade a eventos, lançamentos, etc. Rasgo tudo. Dali não pode vir nada de bom. Repare que, quando mandei o homem embora, mais o cheque dele, ainda morava em Verona. Resolvi sair de lá no ano seguinte, a minha vida tinha acabado naquela cidade. Mais, tinha acabado naquele país. Isso aconteceu mais ou menos por acaso, pois tinha decidido tirar umas férias. Estava devastado. Vim para Marrocos e acabei por casar. Ainda cá estou, já se passaram dezenas de anos. Agora

explique-me: como é que eles sabem a minha morada? Esta é a terceira morada que tenho desde que estou a viver em Marraquexe. E ainda passei dois anos em Rabat. Como é que os finórios sabem as minhas moradas? Recebi correspondência deles em todos os lugares onde estive. Parece que são mais eficientes do que as Finanças. É um pouco assustador, não é?

— Então não tem nenhuma dessa correspondência?
— Não tenho. Mas é engraçado, porque eu compro sempre alguns jornais europeus e, num deles, francês, por acaso, tinha uma exposição organizada pela Kenoma & Pleroma, Lda.
— E quando era isso? Qual era a data da exposição?
— Já foi. Foi em Paris, no dia 17 deste mês.
— Eu moro em Paris.
— É sempre assim: nunca ouviu dizer que aquilo que procuramos, aquilo que mais desejamos, está sempre à frente dos nossos olhos? Nós só temos de nos afastar quilómetros dolorosos para conseguirmos ver. Estamos demasiado perto dele para o vermos. Temos de criar distância.
— Sabe em que lugar era?
— Não faço ideia, Mlle. Varga. Está a entrar num mundo demasiado estranho. Mas, se folhear o Le Monde da semana passada, não lhe posso precisar o dia, encontrará, com toda a certeza, o tal anúncio.

Adele e Marina continuaram a caminhar, a noite estava amena, e a certa altura — sem que nada o fizesse prever — Marina agarrou Adele, num gesto arrebatado, e beijou-a. Ela respondeu, nada respondendo,

deixando-o furioso. Adele, passados segundos, afagou-
-lhe a cabeça, como se faz aos cães, e o escritor virou-
-se e foi-se embora. Adele ainda entrou num hotel de
esquina para beber alguma coisa alcoólica antes de se
ir deitar, mas a bebida soube-lhe mal por causa de um
grupo que por lá bebia.

Capítulo
— 610 —

No outro dia, Adele levantou-se tarde. Acendeu um cigarro e fumou-o na varanda a olhar para o infinito que se concentrava numa laranjeira. Os seus dedos finos seguravam o cigarro, tremendo ligeiramente. Tomou um café com leite no pátio interior do *riad* enquanto escrevia, num bloco, as informações que considerava mais importantes. Depois decidiu que ainda tinha muitas dúvidas e foi a casa de Nicolas Marina. Ele não estava. Quem abriu a porta foi uma mulher alta, com um porte ameaçador agarrado a umas feições simpáticas. Chamava-se Daniela e convidou Adele a entrar. Sentaram-se as duas num sofá espaçoso e Daniela foi buscar um tabuleiro com um bule e dois copos.

— Conheci o meu marido em Casablanca. Eu tinha acabado de escrever uma peça para uma companhia de teatro napolitana e, como fiquei temporariamente sem trabalho, decidi viajar. A primeira vez que vi o meu marido foi numa loja de tapetes. Ajudei-o a regatear. Ele não tinha jeito para aquilo e continua a não ter. Não entende as pessoas, apesar de ser eficiente a descrevê-las na literatura. Não saber regatear é uma prova da sua falta de compreensão. Bem, mas aquela falta de jeito enterneceu-me. Um instinto maternal, sabe como é com as mulheres: queimamos os sutiãs, mas não nos livramos das mamas. Continuamos a sentir vontade de proteger os homens. E Deus sabe como eles precisam. Ou seja, salvei-o de pagar quatro vezes mais do que deveria por um *kilim* de fraca qualidade. Depois casámo-nos.

— Saíram da loja de tapetes e casaram-se?

— Quase. Namorámos sete meses, mas há pouca história para contar. Aconteceu connosco o que acontece com todos os apaixonados. E claro que aquilo só poderia dar nisto.

Daniela fez um gesto largo a abranger a casa toda.

— Não me arrependo. Qualquer outro caminho iria dar num equivalente disto. É o meu destino acabar a beber chá e a tratar da fábrica, sem qualquer inspiração para escrever. Sinto-me esgotada. Mas não a vou maçar com queixas. Se calhar não sabe, mas temos uma fábrica de parafusos. Não julgue que me importo de ter trocado as letras por isto. Na verdade, os parafusos são de uma profundidade aterradora. Uma pessoa pode escrever filosofia quando pensa neles. Heráclito, o obscuro, disse que o parafuso era a síntese da reta e do círculo. Está a perceber?, no seu movimento, a curva e a reta são uma e a mesma.

— Estou a ver. Fale-me das obras que o seu marido escreveu para a Kenoma & Pleroma, Lda.

— *As reencarnações de Pitágoras* é um livro fascinante (asseguro-lhe, não é por ele ser meu marido) sobre todas as vidas que o filósofo garantia ter vivido, desde Etálides, passando por Eufórbio (o que foi ferido por Menelau, em Troia), Hermótimo, acabando em Pirro (que precedeu Pitágoras). Não temos nenhum exemplar dos livros porque o imbecil do Nicolas achou que eram malditos e desfez-se deles. O livro *As reencarnações de Pitágoras* incluía também transmigrações posteriores a Pitágoras e algumas anteriores a Etálides. Quase todas essas vidas estavam minuciosamente descritas, com a referência às fontes que iam muito além de Diógenes Laércio e Jâmblico (no que concerne a Pitágoras). O livro tinha 3457 páginas numa edição com um formato quadrado, com trinta e três por trinta e três centímetros. Pesava perto de seis quilogramas em jejum. Durante anos, vários académicos citaram aquele livro e ele chegou a ser matéria de estudo em várias universidades. Até Théophile Morel, um professor de Filosofia de Salzburgo, ter denunciado o livro como uma trapaça: a maior parte daquelas biografias apresentadas como reencarnações não tinham qualquer fundamento ou referência histórica. Depois dessa revelação, os mesmos que tinham admirado o livro como uma impressionante descrição de uma série de figuras importantes da Antiguidade Clássica passaram a rir-se dele e o livro acabou por encontrar o seu destino: o olvido. Mas a batalha não foi fácil de vencer. Alguns dos livros que alegadamente haviam sido referência para a obra *As reencarnações de Pitágoras*, e que eram desconhecidos dos estudiosos, pareciam existir. Por exemplo, Simonides de Amorgos tinha uma tradução recente de uma obra que, supostamente, havia estado perdida há séculos, e Eudoxo de Oenoanda era referido num volume como pseudozostriano. Ou seja, as invenções do meu marido existiam mesmo: algumas dessas obras tinham sido escritas por ele, outras tinham sido escritas por outras pessoas. A verdade é que a galeria de autores criada pelo meu marido andava a ser publicada e isso confundia muita gente. Samuel Tóth da Kenoma & Pleroma, Lda. pedia a outros autores que criassem as obras citadas na bibliografia de *As reencarnações de Pitágoras*. Apareceram dezenas de livros, publicados como obras clássicas, com uma escrita credível e que complicava as conclusões. Como se não bastasse, também havia autores fora deste circuito infernal, bem como estudantes que, ludibriados, aumentavam a confusão, pois acabavam por citar, em teses e ensaios, inúmeros autores que não passavam de fantasia. Os versos de Eudoxo de Oenoanda, por exemplo, foram muito utilizados como fonte. Foi por isso que demorou tanto tempo a perceber que era tudo uma invenção, uma fraude. O meu marido foi acusado de tudo e mais alguma coisa, até de ser o autor de obras que não tinha escrito e que nem sabia que existiam. Nessa altura ainda não nos conhecíamos sequer, mas ele contou-me a história várias vezes. Tentou, em desespero, garantir que não tinha escrito aqueles livros que constavam da sua bibliografia inventada. E tudo aquilo era um novelo tão complexo que até tinham sido atribuídos prémios à sua obra. Alguns eram reais, mas havia três inventados por alguém, muito provavelmente esse sinistro editor da Kenoma & Pleroma, Lda., esse Samuel Tóth. Uma notícia dava conta de que o meu marido havia ganhado um prémio... dado pela Universidade de Odessa em conjunto com a Secretaria da Cultura, no valor de cinco mil dólares... que todos os anos elegia o tratado histórico que mais impressionasse pelo seu rigor. Mais tarde, veio a saber-se que também aquele prémio não existia (é claro!) e que não passou de um comunicado de imprensa falso. Nem aquela universidade tinha qualquer prémio semelhante. Ou seja: os livros editados como traduções de textos antigos eram apenas obras falsas com o mesmo nome que o meu marido havia inventado na bibliografia de *As reencarnações de Pitágoras*. Tinham sido escritos por outros autores anónimos e publicados pela mesma editora, que neste caso não assinava Kenoma & Pleroma, Lda., mas usava outros nomes como se fosse outra entidade. Mas não é só. O meu marido também escrevera, no mesmo estilo da obra anterior, *O livro dos heterónimos*. Escreveu-o logo a seguir, durante dois anos e meio de trabalho ininterrupto. Ele tem muitos defeitos, mas é uma máquina de escrever (se me permite o trocadilho). Este *O livro dos heterónimos* era uma obra imensa, três vezes maior do que *As reencarnações de Pitágoras*, editado em papel-bíblia, onde eram descritas vidas atrás de vidas, num rosário que parecia infinito. Na obra, o criador do conceito de heterónimo, Fernando Pessoa, era, ele próprio, um heterónimo. Que por acaso também era heterónimo de outro que poderia, por exemplo, ser heterónimo de Álvaro de Campos. O meu marido fez um labirinto com todas estas vidas e, nas primeiras páginas, toda esta genealogia estava descrita num gráfico, ele próprio perfeitamente incompreensível e impossível de seguir: alguns nomes estavam grafados com uma letra ilegível, de tão minúscula, enquanto outros estavam carregados de linhas que os atravessavam, tornando qualquer decifração uma quimera. Os próprios riscos que ligavam uns nomes a outros, de tantos que eram, e de se prolongarem por várias páginas, eram impossíveis de seguir. Muitas vezes, não saberíamos escolher, quando as intersecções eram muitas, qual o caminho a tomar depois da encruzilhada. Resta lembrar que, nesse gráfico, existiam cerca de cinco mil nomes de pessoas. Cinco mil, veja bem. A descrição por extenso... e que se estendia por cerca de duas mil e quinhentas páginas (papel-bíblia)... tinha ainda mais personagens (cerca de trinta a mais), o que significa que o próprio gráfico não era rigoroso. E havia várias situações-limite já descritas em que um autor criava uma personagem que havia criado outra que, por sua vez, havia criado o próprio autor. O registo era circular, ou em espiral, numa confusão difícil de perceber. O próprio gráfico, na legenda, referia a necessidade de ser compreendido em três ou mais dimensões: o desenho bidimensional não poderia mostrar com eficácia todas as relações existentes, nem no espaço nem no tempo. Julga que este labirinto foi ideia do meu marido? Está enganada. Foi o tal Samuel Tóth que planeou todo este novelo. E sabe qual era a intenção disto tudo, segundo ele? Criar vidas. E para quê?, perguntei-lhe eu (o meu marido nunca dizia nada). E Samuel Tóth riu-se.

Capítulo
— 987 —

O detective sem qualquer charme atendeu o telefone. Adele Varga telefonava-lhe de Marraquexe com mais um pequeno trabalho: procurar no Le Monde da semana anterior um anúncio de uma exposição organizada pela Kenoma & Pleroma, Lda.

Capítulo
— 1597 —

De volta a Paris, Adele foi para casa da avó. Passou um dia de mau humor, doía-lhe um pouco a cabeça e sentia que se havia enfiado numa busca demasiado idiota e dispendiosa. Uma coisa romântica para alguém com um feitio como o dela.

Adele tinha alugado um apartamento, mas, por causa da doença da avó, praticamente vivia em casa dela. Só passava pela sua casa para tratar da manutenção, ver o correio e pouco mais. De resto, as melhoras da avó eram cada vez piores. Os olhos iam-se afundando num passado transformado em rugas. As mãos ossudas tremiam sem descanso. O *continuum* espaço/tempo de Adele resumia-se assim: tinha cada vez menos espaço para si e mais tempo de dedicação à sua avó.

Fumou um cigarro antes de entrar no quarto, encostada a uma cómoda do corredor onde tinha uma fotografia dos seus pais.

Quando Marlov lhe deu a morada da exposição, Adele conduziu até lá. A estrada era sinuosa, mas o tempo passava a direito. Estacionou num parque e andou uns metros. O edifício da exposição erguia-se à sua frente num dia de chuva, uma chuva pesada que se arrastava pelo ar abaixo, batendo, toda molhada, no chão. Adele entrou numa galeria de arte. Um homem com barba e sem cabelo recebeu-a com um sorriso. Cumprimentaram-se e Adele explicou o motivo da visita. O homem com barba e sem cabelo disse que a exposição não acontecera. O artista não apareceu com as obras. Mas tinha alguma informação sobre o evento. Entregou a Adele três artigos de jornais com os seguintes textos:

— 1 —

GUNNAR HELVEG: O QUE ESTÁ FORA E O QUE ESTÁ DENTRO

Há muito que os homens (onde se inclui o leitor deste esboço) têm mostrado indecisão entre a ideia de um Diabo bonito, jovem, sedutor, ou um monstro coxo, de cauda, com cornos. Contudo, no Concílio de Trento, decidiu-se que a fealdade espiritual do Pai da Mentira deveria ter correspondência na sua aparência. Foi uma decisão diabólica e que já havia tentado o próprio Criador do Universo, certa tarde, enquanto matutava no primeiro capítulo do Génesis (foi este capítulo que o inspirou a criar o Universo e não o Nada, como diz a Santa Madre Igreja). Ora, Elohim viu-se a criar, no Início dos inícios, bicharada venenosa com uma aparência que fizesse jus à peçonha. Provavelmente arrependeu-se, mas, depois do famoso concílio, o de Trento, foi instado a manter a linha de produção e a adequar o horror físico à monstruosidade intelectual: uma psique atroz deve manifestar-se num soma, num corpo, igualmente medonho. Um ministro por fora deveria ser a manifestação de um ministro por dentro, para não enganar ninguém. Mas a verdade é que, muitas vezes, a aparência engana radicalmente. Noutros casos, Deus consegue obedecer à decisão do Concílio de Trento e, quando olhamos para um estadista, percebemos de imediato que, dentro dele, também há um estadista e, às vezes, há mesmo um presidente da República ou um deputado a ser entrevistado por uma ex-modelo (eu próprio já experimentei várias vezes fenómenos idênticos a este — em que o que está fora é como o que está dentro: já me aconteceu, por exemplo, doer-me o soma e afinal ser da psique). Como já foi referido, é muito difícil manter esta correspondência entre soma e psique, e o Criador das coisas passadas e futuras não foi capaz de manter uma homogeneidade convincente e deixou que viessem à luz do mundo — este vale de lágrimas — inúmeros casos contraditórios onde, por exemplo, um sujeito muito corcunda pode revelar grande inteligência e bonomia (Sócrates, o filósofo, era muito feio. Não era corcunda, mas era muito feio); mas, ao contrário, abundam casos onde a beleza física traz dentro dela uma grande estupidez ou mesmo uma Miss Universo inteira.

(Ari Caldeira, *Sobre o interior e o avesso*)

— 2 —

BELEZA INTERIOR
(O ESPETÁCULO DA ALMA)

Gunnar Helveg organizava esta exposição artística com tomografias do cérebro, evento que lhe custou o emprego. Helveg pedia, durante a emissão de positrões, que os pacientes pensassem num verso de Dylan Thomas ou num trecho de Rilke. Ou num *haiku* de Masamitsu Ito ou num versículo dos *Cânticos* ou mesmo numa canção *abokowo*. "Se o pensamento tiver alguma beleza, também a tomografia terá cores e formas harmoniosas, de belas curvas e tons, como uma obra-prima abstrata. Não é possível ser de outro modo: o que está dentro é como o que está fora. Capto as camadas interiores dos mais belos pensamentos e mostro-os traduzidos em cores, tal qual foram pensados. Fui a primeira pessoa a fotografar um belo pensamento", disse Helveg.

— 3 —

IMAGENS DO CÉREBRO

Através de imagens por ressonância magnética funcional, tomografias, raios-x, Gunnar Helveg conseguiu uma exposição insólita: um ex-médico dedica-se hoje a fotografar o cérebro e a tentar captar os momentos em que se tem uma ideia brilhante.

Essa ideia expressa-se nas cores da fotografia como uma obra de arte, como uma obra-prima do abstracionismo, equilibrada e harmónica nas suas formas. Se a ideia é bela, expressa-se com beleza também no calor responsável pela imagem médica. Se o que está lá dentro é belo, a sua manifestação deve ser correspondente. Deve ser bela também.

— Não me arranja o contacto do Sr. Helveg? — perguntou Adele ao homem com barba e sem cabelo.
— Quem me dera. Falei com ele pelo telefone, mas perdi-lhe o rasto. Gastei muito dinheiro, tempo e disponibilidade a organizar esta não exposição. Se o encontrar, traga-o cá, que eu tenho um soco para lhe dizer.

O tempo passava, mas passava com mais insistência por Anasztázia Varga. De manhã, o médico havia ligado a Adele recomendando que ela não se afastasse, pois a morte da sua avó, esse anjo coberto de olhos, estava iminente. Por isso, Adele sentia aquela pressão no peito, entre o coração e a alma. Precisava de encontrar o seu avô, não tanto por ser realmente uma necessidade, mas porque o pânico a obrigava a agir. Pegou no carro sem saber o que fazer. As horas e os minutos batiam no para-brisas.

Telefonou a Filip Marlov mal chegou a casa, sentindo-se adoentada. Marlov tinha boas notícias. Tinha encontrado Samuel Tóth, que vivia em Budapeste. Se ela quisesse e se houvesse um cheque envolvido, par-

tiria nesse mesmo dia para a Hungria, para falar com o proprietário da Kenoma & Pleroma, Lda. Adele gostaria de ter optado de maneira diferente, mas sentia-se cansada. Assim, decidiu deste modo:
— Faça o que for preciso. Eu pago o que for preciso.

ÚLTIMA PARTE DE

A boneca de Kokoschka:
SAMUEL TÓTH

Capítulo
— 2584 —

Quando Samuel Tóth chegou, trazia a sua solenidade do costume, mas enrolada numa certa hesitação. Andaram uns quarteirões sem que Tóth dissesse uma palavra. Aquele silêncio constrangia Filip Marlov, que era um homem que não sabia lidar com diálogos calados.

Começou a chuviscar. Via-se o castelo na outra margem e umas nuvens irrepreensivelmente cinzentas penduradas no espaço. Marlov abriu um guarda-chuva e convidou Samuel Tóth a abrigar-se debaixo do mesmo. Tóth negou a amabilidade com amabilidade e manteve o mesmo ritmo enquanto Filip Marlov se debatia com o vento no guarda-chuva.

— Hoje vou mostrar-lhe — disse Tóth entre gotas de chuva — um espaço impressionante.

Marlov não comentou.

Pararam em frente de um edifício de fachada neogótica, mais negro do que o tempo. Tinha sido construído no princípio do século XX pelo arquiteto Imre Lakatos. O prédio tinha arcos ogivais e vitrais ornamentados de modo absurdamente pomposo. Lakatos viveu bem no interior do século XIX e movia-se entre os mais seletos círculos de Budapeste. Juntava-se com uma certa burguesia magiar que tinha por hábito discutir problemas metafísicos e beber vinho do vale de Eger em caves de palácios. Lakatos projetou o edifício daquela rua do centro de Budapeste a pedido de um homem riquíssimo, conservador e iracundo, cujo prosaico objetivo era albergar toda a prole que tinha posto no mundo. Zsigmond Varga — era este o nome do milionário — fora um devasso toda a sua vida e tinha vários filhos de várias mulheres. Mandou então construir aquele edifício com sete andares e dois apartamentos por piso para albergar toda a família legítima (chamemo-la assim). Enfim, além deste edifício, que serviria de habitação a cerca de sessenta pessoas, entre filhos, genros, noras, netos e bisnetos, Varga planeava, se o destino tivesse concordado, construir, nas traseiras daquele prédio, um bairro onde habitariam todos os outros filhos — que ascendiam a mais de quarenta. Com as respectivas famílias, seriam mais de cento e vinte pessoas.

— Varga pretendia que este prédio instaurasse na sua família uma hierarquia especial, planeada por ele e que remetia os últimos andares para os filhos em quem depositava menos esperanças.

— Porquê os últimos? — perguntou Marlov a sacudir o sobretudo.

— Na altura, não havia elevador. Além disso, só o piso térreo tinha uma relação orgânica com o espaço exterior e com o belíssimo jardim de inspiração vitoriana.

Tóth tirou um chaveiro cheio de chaves e escolheu uma. Devagar, introduziu-a na fechadura e fê-la rodar com um clique. A porta abriu-se e entraram os dois. Filip Marlov, um duro, tremia por fora e por dentro. A escuridão não ajudava às trevas daquela situação. Tóth, porém, avançava como se o mundo estivesse iluminado. Percorreram um corredor com cheiro a humidade e pararam em frente a mais uma porta. De ferro e pintada de verde. Tóth voltou a pegar no chaveiro. Escolheu, com aquela falta de claridade, uma chave e, com ela, abriu a porta. Subiram dois lances de escada e pararam num patamar que terminava em duas portas em arco. Mais uma vez, o ritual foi repetido. Mais uma chave, mais uma porta aberta.

Capítulo
— 4181 —

A CARA DE DEUS
É UM ESPELHO INFINITO

—Colecionava borboletas.
— Quem?
— Zsigmond Varga. Tinha uma coleção imensa que agora pertence ao museu de Dresden. A certa altura, Varga teve a pretensão de pesar o pecado.
— Como assim?
— Já reparou, Sr. Marlov, que quando acordamos somos mais leves do que quando nos deitamos?
— Existe uma explicação perfeitamente racional para isso.
— Tenho a certeza de que existe. Pelo menos, Varga achava que sim: ele acreditava que o sono nos limpava de todo o mal que fazemos durante o dia. O sono são umas horas de limpeza da alma. Daí sonharmos. Os sonhos, para Varga, e, curiosamente, para a ciência, não passam do lixo do dia. Ou seja, aquilo que não nos faz falta. Para Varga, isso era o Mal, o pecado, a ser expurgado, limpo. Isso explicava o motivo pelo qual

pesamos mais à noite do que quando acordamos. À noite estamos repletos dos pecados que cometemos nesse dia e de manhã estamos, como dizer?, limpos.

— Que absurdo.

— Pode ser, mas Varga dedicou anos a esta sua teoria. Pesou milhares de sujeitos, de manhã e à noite, e comparou dados.

— Não estará a exagerar, caro Sr. Tóth? Milhares?

— Seguramente. Metade desse número eram mulheres que ele pretendia seduzir, mas muitos dos seus dados constam no espólio da família. Cadernos meticulosamente preenchidos. Para ele, a diferença de peso entre a medição matinal e vespertina era o peso do Mal.

Tóth pegou na sua mala de couro preto, que trazia sempre consigo, e tirou do seu interior umas folhas agrafadas. Pousou-as em cima duma cadeira e voltou a vascular a mala. Dela retirou os seus óculos e pô-los com cuidado. Depois começou a ler:

— "Por perceber que um homem é mais pesado à noite do que quando acorda, mesmo que não tenha comido nada durante o dia e tenha evacuado conforme a vontade e a necessidade, resolvi escrever este livro sobre o peso do Mal". É esta a primeira frase dos seus cadernos que nunca chegaram a ser publicados. Os primeiros capítulos são dedicados a essa diferença entre o peso matinal e o vespertino. Tal como já lhe disse, Varga afirmava que essa diferença, que pode ser de vários quilos, se deve ao peso do Mal que se vai acumulando durante o dia. Tanto por gestos como por omissões. Todo o esboço escrito por Zsigmond Varga tem um tom castrador, pudico e conservador em muitos aspectos. Mas dificilmente poderemos classificar assim um devasso libertino, não é, Sr. Marlov? É para ver como somos feitos de incoerências, de opostos.

Marlov revirou os olhos sem paciência e Samuel Tóth ajeitou as folhas e pigarreou antes de recomeçar a ler mais um trecho:

— "Porque vai acumulando pecados durante o dia, o homem comum, quando chega à noite, está repleto de pequenos diabos infiltrados no sangue, na carne, nas pregas da pele, debaixo das unhas. Por isso o jogo, a prostituição e o crime são mais comuns durante a noite, depois de o Sol se pôr, quando o corpo está mais carregado de pecadilhos, maledicências, enfim, mais misturado com o Mal". Na última década do século XIX, mais precisamente em 1897, Varga resolveu fazer a seguinte experiência, a primeira que fez deste tipo: colocou numa balança uma das suas criadas, uma adolescente de origem eslava que Varga havia engravidado dois anos antes, juntamente com o filho de ambos. Ordenou à rapariga que se despisse e que, depois, tirasse também as roupas à criança. Tudo isto foi meticulosamente descrito aqui nos cadernos. Quer ler, Sr. Marlov?

— Não faço questão. Mas continue.

— Depois de ter os seus sujeitos completamente despidos, fez com que a rapariga beijasse o rapaz. Depois pediu que o esbofeteasse. Pesou as duas ações e afirmou ter obtido resultados diferentes. A balança acusou mais gramas na segunda ação, onde se pode sentir o "dedo do Demónio". E concluiu: "Não é motivo de assombro que se fique mais pesado no final do dia, mas sim que qualquer mortal não chegue à noite, para se deitar, com o peso de dois ou três elefantes africanos. (...) Antes de adormecer, e em relação ao momento em que desperta, um homem pesa mais 4% e uma mulher mais 5%".

— Um pouco machista essa conclusão.

— Nem todos os habitantes do século XIX eram capazes das modernidades dos séculos seguintes. Em todo o caso, Varga cria na sua honestidade. Para ele, os resultados anotados eram precisos, objetivos, verdadeiros. Para ver, Sr. Marlov, como as nossas convicções moldam o mundo à nossa volta e somos capazes de nos obrigar a acreditar nas mentiras que dizemos a nós mesmos. Forçamos o mundo a ser como acreditamos que ele é e nem percebemos que passamos a vida a mentir-nos. Todos nós, você inclusive. Esta é uma das mais tenazes das características humanas. Já ouviu falar de Nikolas Hartsoeker? Um anatomista do século XVII que aprendeu a fazer microscópios? Observações mais ou menos pioneiras de líquidos seminais levaram-no a concluir que na cabeça de um espermatozoide existe um homúnculo plenamente formado. Imagine, amigo Marlov, um pequeno homem enroscado na cabeça dum espermatozoide! Ora, este homúnculo, estando, como já disse, plenamente formado, tinha, ele próprio, gónadas, órgãos sexuais completos. E dentro dos seus testículos tinha espermatozoides. Dentro destes espermatozoides, na cabeça, viviam mais homúnculos enroscados. Parece um jogo de espelhos que se prolonga até ao infinito. Na verdade, ia até Adão. No livro publicado por este anatomista em 1694, o *Essay de dioptrique*, existe uma gravura com a imagem do homúnculo, em posição fetal, aninhado na cabeça de um espermatozoide perfeitamente desproporcionado. Hartsoeker era cristão e o que via através das lentes do microscópio era também visto através das lentes daquilo que ele cria ser um bom cristão. E todos nós temos inúmeras lentes destas. As do microscópio, do telescópio, da democracia, do cristianismo. Mas deixe-me prosseguir: Varga foi muito mais longe na sua demanda. Começou a pesar moribundos. Pagava a padres para que, quando houvesse pessoas a morrer, o levassem com ele. Tinha por objetivo pesar as pessoas imediatamente antes de expirarem. Queria pesar a alma. Tinha uma carruagem sempre pronta para perseguir os últimos momentos das pessoas. Atravessava a cidade agarrado à cartola, com cinco criados e um violinista cigano que nunca parava de tocar.

— Um violinista? Para tornar os momentos de agonia em algo mais confortável?

— Claro que não. Varga era completamente desprovido desses sentimentos. O violinista era apenas a vontade que ele tinha de passar a vida a ouvir música. Usava-o em tantas situações do seu quotidiano que seria incómodo enumerá-las. A escolha do músico não fora impensada: o violinista era cego. Isso permitia a Zsigmond Varga estar com as amantes a ouvi-lo tocar sem que o músico, evidentemente, visse o que se estava a passar. Por algum motivo, não o incomodava minimamente o facto de o violinista poder ouvir o que se dizia naqueles momentos de maior intimidade.

— Que coisa infame.

— Bom, o certo é que Zsigmond Varga percorria a cidade agarrado à cartola, com a cabeça fora do veículo e com um violinista a tocar. Essa carruagem estava aparelhada com uma balança de mecanismo hidráulico, muito sofisticada para a altura, capaz de içar a cama do moribundo e subtrair-lhe o peso no final. Desse modo, evitava o desconforto de ter de mudar a pessoa para cima da balança. O mecanismo funcionava com uma grua que encaixava por baixo do leito da pessoa moribunda e levantava a cama uns parcos centímetros do chão, o suficiente para poder fazer a pesagem com todo o rigor. A balança era carregada por quatro dos cinco criados que sempre o acompanhavam. O quinto limitava-se a conduzir a carruagem.

Samuel Tóth ajeitou os óculos e passou o olhar pelo ar de Filip Marlov. Prosseguiu, depois de voltar a colocar os seus papéis na mala preta.

— Varga tinha o cuidado de pesar os moribundos com os pulmões vazios, imediatamente antes e imediatamente depois. E ver a diferença.

— Existe diferença?

— Segundo Varga, sim, existe diferença. Muito pequena, tão pequena que ele decidiu, não sem um certo sentido poético, medir esse peso em borboletas em vez de gramas. Como sabe, ele era um colecionador fanático de lepidópteros.

Samuel Tóth voltou a tirar os papéis da sua mala:
— Nas suas conclusões lê-se o seguinte, e passo a citar: "A diferença entre a vida e a morte, o peso da alma, podemos dizer assim, é o de um *Papilio demodocus*". Este *Papilio demodocus* era a sua borboleta favorita. Para ele, a diferença de peso entre um corpo sem vida e um corpo com vida era o equivalente a uma borboleta africana. Era esse o peso da alma que ele pensava ter descoberto. Claro que toda a gente o achava louco, mas permitia a sua excentricidade porque ele pagava bem por essas atividades. E as suas investigações não ficaram por aí. A certa altura, pediu que se colocassem, nos confessionários, balanças de extrema precisão, de modo a conseguir medir o peso de uma pessoa antes da confissão e depois do sacramento. Foi outra das suas tentativas de medir o Mal.
— Um louco.
— E quem não é, Sr. Marlov?

Capítulo
— 6765 —

Samuel Tóth limpou as mãos às calças antes de continuar a narrar a história da família Varga. Estavam suadas.

— Em 1912, os negócios de Zsigmond Varga levaram-no a emigrar para a Alemanha. Lá, mandou construir uma casa exatamente igual a esta, mas de pedra branca. Uma negra em Budapeste e uma versão branca na Alemanha. Uns anos depois de se ter mudado, no Verão de 1918, Lujza, a filha legítima mais velha, foi apanhada na cama com um cigano. Ela tinha catorze anos e o cigano era o violinista cego que, afinal, via muito bem. Chamava-se Ovidiu Popa e Varga tinha-o levado consigo, de Budapeste para Dresden, pois, segundo as palavras do próprio, "era, de todos os criados, o mais indispensável". Não era fácil arranjar um violinista daquela qualidade, ainda por cima cego. Assim, quando Zsigmond Varga viu o violinista em cima da sua filha, teve um ataque de fúria e agarrou na bengala enquanto levava a outra mão ao peito. Indeciso entre morrer do coração ou matar os amantes, optou por respirar um pouco. Isso deu tempo a Ovidiu de fugir pela escadaria do palacete onde viviam em Dresden. Lujza não teve a mesma destreza do amante e deixou-se ficar com as suas lágrimas soluçadas, agarrada aos lençóis. Varga usou a bengala nas costas da filha e ela tombou da cama para a rua, sem roupas. Ouviu a porta fechar-se atrás dela e correu em desvario até encontrar uma janela aberta.

— Deus, quando fecha uma porta, abre uma janela — disse Marlov.

— Sabe, Sr. Marlov, isso de Deus não me diz nada. Não sou de acreditar desse modo, como as pessoas acreditam. Para mim, se Deus abre uma janela é para fazer corrente de ar. Não espero nada de bom da existência de um ser que não existe. Aliás, esse adágio deveria ser, com mais propriedade: quando Deus fecha uma porta, abre uma janela, que é por onde entra o ladrão. Ouça a história de Lujza Varga e verá que estou certo.

Marlov ajeitou os botões do casaco.

— Primeiro vou falar-lhe de Oskar Kokoschka.
— Quem?
— Nunca ouviu falar?
— Foi o autor daquela balada...
— Não. Kokoschka foi um pintor, entre outras coisas meio expressionistas, que nasceu em 1886. Teve uma paixão tão intensa por uma mulher chamada Alma que, como facto histórico, envergonha qual-

quer ficção, seja de Shakespeare ou de outro qualquer. Nunca se viu nada assim na História. Tome atenção, Sr. Marlov, pois o amor pode ser muito mais estranho do que imagina. Oskar Kokoschka viveu em Dresden e nasceu em Pöchlarn. Deixou Dresden em 1934 porque os nazis não gostavam dele. O que era recíproco. Mas, nessa altura, já acontecera um dos episódios mais românticos do mundo: Kokoschka e Alma.

Capítulo
— 10946 —

— Alma foi o primeiro beijo de Klimt — disse — Samuel Tóth —, foi amante de Alexander Zemlinsky, casou com Gustav Mahler. Foi viúva de Gustav Mahler. Casou com Walter Gropius e com outros. Mal havia acabado de enviuvar do compositor Gustav Mahler e, durante três anos, ela e Oskar Kokoschka tiveram um romance febril. Houve períodos em que a família já não o podia ouvir aos gritos. Berrava por Alma. A mãe dele sofria muito, dizia Kokoschka. E Alma teve repercussões enormes na vida do artista. Quando ela terminou a relação, Kokoschka estava devastado.

— Muniu-se — continuou Samuel Tóth — de vários desenhos e pinturas que tinha feito de Alma e pediu a Hermine Moos, uma fabricante de bonecos, que fizesse uma boneca, tamanho natural, igual, igualzinha, sem tirar nem pôr, a Alma Mahler. As indicações dadas a Hermine Moos (incluídas numa carta e vários desenhos) tinham descrições do corpo da sua amada com rigor matemático: as pregas da pele eram finamente descritas, os cabelos eram contados. Creio que nunca se viu paixão assim, nem em ficção. Repare, Sr. Marlov, que as instruções tinham pormenores como pregas na virilha ou a consistência da pele ao tato. Kokoschka não descurou nenhum pormenor. E para o executar tinha uma grande profissional, Hermine Moos. Se tudo isto parece invenção ou insano, prepare-se, caro Marlov, para o que o artista fez depois.

— Estou curioso. Haverá insanidade depois dessa? Um homem apaixona-se e manda fazer uma boneca para substituir uma pessoa de carne e osso?

— Ouça-me com atenção, Sr. Marlov. Todos nós somos marionetas, uns mais bonecos do que outros, uns mais idolatrados do que outros. Certo é que a boneca foi construída e, julgo, tornou-se uma desilusão. Kokoschka acabou por matá-la. Mas adianto-me. Durante algum tempo, ele fê-la viver. Uma pessoa não existe apenas por ter um corpo. Precisa de ter uma vida social. Precisa da palavra, da alma. Precisamos de testemunhos, dos outros. Por isso, Kokoschka fez com que a criada fizesse circular rumores sobre a boneca. Histórias: como se ela existisse, como se ela tivesse uma existência semelhante à nossa.

— Que coisa mais demente.
— Acha mesmo?
— Evidentemente.
— Nada mais errado. A existência faz-se de teste-

munhos, de aprovações, de histórias. Sabe aquela pergunta budista sobre o pinheiro que cai?

— Não faço ideia.

— Imagine que um pinheiro cai e não há ninguém para ouvir. Será que ele faz barulho?

— Artificioso.

— Muito bem, esqueça os pinheiros. O que interessa é que não há boneco nenhum que ganhe vida sem o "outro". É preciso testemunho, confirmação. Oskar Kokoschka fez isso mesmo. Levava-a à ópera, passeava-a pelas ruas e fê-la viver uma vida com os seus rumores. Conhece amor assim? Dar vida a uma criatura que é uma imitação do seu amor?

— Não...

— Um dia, Kokoschka ultrapassou esta fase (chamemos-lhe assim) e convidou uns amigos, fez uma festa, partiu uma garrafa de vinho tinto na cabeça da boneca. Oficialmente, o seu amor tinha-se extinguido. Mais tarde, apareceu a polícia quando viu, no jardim, o corpo morto de uma mulher. Esclarecida a questão, o cadáver (podemos chamar assim aos restos duma paixão?) foi deitado no lixo. O corpo, a cabeça, as roupas.

— Não me admira esse desfecho.

— Não se admira porque ainda não houve desfecho nenhum. Um homem chamado Eduwa, originário da Nigéria, pegou nos despojos do amor (podemos chamar-lhes assim?) e levou-os para a sua casa. Este Eduwa era jardineiro de uma mulher alemã cujo nome não interessa para a história. Basta saber que

Eduwa vivia numa pequena casa de tijolo construída na propriedade dessa mulher, na periferia de Dresden. Limpou a boneca de Kokoschka e voltou a pôr-lhe a cabeça sobre os ombros. Vestiu-lhe as roupas e passou a adorá-la do mesmo modo que essa boneca fora adorada. Veja a coincidência, Sr. Marlov, veja o milagre. Ele via na boneca uma deusa e oferecia-lhe flores, água fresca, leite e outras coisas que eu não saberia precisar. Eduwa achou que aquela boneca era uma representação de Oshun, uma deusa da África Ocidental, da zona de onde ele era originário. Repare que entre um ateu como Kokoschka poderia ser e um crente como Eduwa há pouca diferença no modo como tratam bonecas. Dá que pensar sobre ateus e crentes, hem, Sr. Marlov? Mas retomemos a narrativa. Conhece o mito de Pigmalião?

— Conheço o nome, mas não me peça para contar a história.

— Pigmalião era um escultor e esculpiu uma estátua, uma mulher ideal. Apaixonou-se pela sua criação e Afrodite deu vida à pedra, a estátua ganhou vida.

— Não me vai dizer que você, religiosamente ateu, crê que a boneca de Kokoschka ganhou vida.

— Talvez, amigo Marlov, talvez. Mas não como imagina. A verdade é sempre muito mais estranha. É aqui que entra Lujza. Pela janela da casa de Eduwa. Quando Deus fecha uma porta, abre uma janela, lembra-se, Sr. Marlov? Lujza entrou com a sua nudez pela casa do outro enquanto ele dormia. A filha de Zsigmond Varga, ao ver a boneca, tirou-lhe o vestido e vestiu-o. À boneca, atirou-a por onde tinha entrado, pela janela. Um gesto de fúria que se compreende. Eduwa acordou com o barulho e o que viu deixou-o em silêncio, com a boca aberta: a deusa Oshun estava viva. Estava ali, ajoelhada à sua frente. Os seus pés tremeram e caiu no chão, para o mesmo nível da deusa caída. Durante todo o tempo que viveram juntos, ele continuou a idolatrar aquela mulher como havia feito com a boneca: com flores, mel, leite, prostrações. Amava-a mais do que poderia ser imaginado. Uma pessoa pode amar uma pessoa, mas Eduwa vivia com o divino. Para ter uma noção, caro Marlov, para ter uma noção, basta-lhe imaginar que uma freira, de repente, se vê a dividir a sua casa com Cristo. Todo o amor da sua devoção se tornou Pessoa. Deus feito homem. Repare que, assim, o amor não é maior, mas é possível, é alcançável.

— É esse o milagre do cristianismo: tornar humano o divino.

— Talvez, Sr. Marlov, não quero discutir isso, mas a verdade é que Eduwa podia experimentar uma deusa de carne e osso. Visto de fora, não poderia ser pior. Eduwa foi tratado como um escravo dessa mulher. Ela sempre o desprezou e nunca deixou que ele sequer a tocasse. Nove meses depois, tinha um filho.

— E, claro, não era dele!

— Porque é que diz isso? Você não é cristão? Uma imaculada concepção seria credível.

— Não seja ridículo, Sr. Tóth. Não sou cristão.

— E essa cruz que traz pendurada ao peito?

— Todos nós carregamos uma cruz. Se eu a carrego no peito, não lhe diz respeito.

— Bom, o que se passou foi que Lujza tinha engravidado do tal cigano, de Ovidiu Popa. Mas, para Eduwa, o filho era dele, fruto de um milagre semelhante àquele em que você diz não acreditar. Uma imaculada concepção. A criança foi batizada por Lujza com o nome de Mathias, ao qual acrescentou o apelido do pai biológico.

Capítulo
—— 17711 ——

—Eduwa tentou ser pai e mãe ao mesmo tempo. Ensinou a Mathias alguns preceitos da sua religião natal — conhecia todos os vodus da Nigéria —, quais as oferendas e comidas, as plantas dedicadas a cada deus, enfim, informação de certo modo confrangedora para um jovem europeu. Nas ruas de Dresden e no meio da pobreza onde vivia, aquela educação servia-lhe de pouco. Quanto a Eduwa, este sempre achou que Mathias era seu filho, gerado misteriosamente, através, talvez, de um sonho. Para Eduwa, a criança era filha da sua devoção, das suas palavras, do seu amor, no fundo. E quem somos nós para negar que os filhos nascem disso mesmo?

Filip Marlov estava incomodado. Tóth retomou a história que contava:

— Ele continuou com a sua devoção incondicional e ela tratava-o a pontapé, literalmente. Ele cuidava da criança enquanto ela se prostituía. Eduwa pesava cento e sete quilos e media mais de um metro e noventa, tinha um corpo capaz de desfazer metal. No entanto, agachava-se junto à cama, num esforço fetal, enquanto Lujza, frequentemente bêbeda, o pontapeava o mais violentamente que podia. No dia seguinte, pela manhã, os vizinhos viam-no como sempre, com um sorriso na cara e a cabeça baixa como se andasse envergonhado, mas feliz. Apanhava, todos os dias, flores do jardim e punha-as aos pés da cama de Lujza, juntamente com um jarro de água fresca, mel, leite e uma ou duas peças de fruta. Ajoelhava-se juntamente com o seu sorriso e observava-lhe o sono bendizendo a vida. Agradecia aos seus deuses obscuros a felicidade que lhe era permitida e guardava essa sensação como o seu maior e único tesouro. Dois anos depois, a patroa de Eduwa morreu e deixou-lhe algum dinheiro. Lujza pegou nessa pequena herança e fugiu. Nunca mais se soube dela. Eduwa encarou o seu desaparecimento com normalidade. Do mesmo modo misterioso com que tinha aparecido, tinha desaparecido. Sentia o mesmo em relação ao dinheiro. Tinha uma horta e isso dava-lhe uma espécie de autossuficiência. Quando precisava de mais, mendicava. Continuou, depois da morte da patroa, a viver na mesma barraca. A casa principal, que era um edifício imenso com um aspecto neoclássico, acabou, após a morte da proprietária, por ficar abandonada devido a disputas e litígios familiares. Os herdeiros não se entendiam e a casa foi-se deteriorando. Nenhum dos herdeiros alguma vez lá pôs os pés. Viviam ambos em França, no meio das suas próprias fortunas, e não tinham o mínimo interesse naquela propriedade, senão na possibilidade de ganhar, um dia, acabadas as disputas legais, algum dinheiro com a venda do terreno. Durante todo o tempo em que a casa se degradou, Eduwa nunca pensou em habitá-la. Manteve-se na sua barraca, a assistir, com alguma tristeza, à decadência de uma bela casa.

— E a criança?

— Mathias Popa foi, como já disse, educado por Eduwa. Num esforço sobre-humano, Eduwa fez com que nunca faltasse comida a Popa (mesmo que por vezes tivesse de sacrificar a sua parte) nem educação (apesar de esta ser um pouco *sui generis* e pouco canónica). O rapaz crescia e, de um modo instintivo, adquiriu o mesmo desprezo que a sua mãe, e quase toda a gente, devotava a Eduwa. Sem ter má índole, fazia coisas que poderíamos facilmente classificar de obscenas. Basta dizer que, muitas vezes, quando chegava a casa e a encontrava vazia, comia o que havia e deitava fora o que sobrava, de modo que Eduwa não comesse. Se lhe perguntasse porque fazia isso, ele não saberia responder. Há pessoas, como Eduwa, que atraem este tipo de comportamentos.

— E Eduwa não fazia nada para contrariar essa sina?

— Achava normal. Ele sempre fora tratado assim, por isso, tudo aquilo não era novidade nenhuma. Mantinha o seu sorriso e a cabeça ligeiramente baixa. Bendizia a vida e tudo o que possuía.

— Ele não possuía nada, Tóth. Ou estou enganado?

— Para algumas pessoas, não há nada mais valioso de possuir do que isso.
— Isso o quê?
— Nada.
Marlov revirou os olhos.
— Seja como for — continuou Tóth —, o rapaz foi aprendendo a bater no pai, tal como a mãe fazia. E, um dia, saiu de casa sem olhar duas vezes para trás. Eduwa morreu sozinho, na sua miséria e com o seu sorriso.
— E quando foi isso?
— Pouco depois de terminada a guerra. Mas antes teve a infelicidade de ser levado para o campo de concentração de Mauthausen. Ficou lá dois anos. Pegue nesta folha de papel, Sr. Marlov.
— Para quê? — perguntou ele enquanto pegava na folha.
— Dobre-a.
Marlov obedeceu.
— Dobre-a outra vez sobre si mesma. E depois outra vez. E ainda outra.
Marlov dobrou a folha até não conseguir dobrar mais.
— Não consegue dobrar mais de quatro vezes, pois não, Sr. Marlov? Nenhuma folha, com mais gramagem ou menos gramagem, se deixa dobrar mais de quatro vezes. Uma coisa tão frágil como uma folha de papel não se deixa dobrar, e no entanto... um gigante nigeriano poderia ser dobrado vezes incontáveis. Foi o que lhe aconteceu ao longo da vida, mas em Mau-

thausen sofreu ainda mais do que estava habituado a sofrer. Apesar disso, saiu de lá com uma espécie de sorriso na cara. Eduwa era uma folha de papel que se poderia dobrar até ao infinito.

Marlov pareceu ver os olhos de Samuel Tóth a desfocarem-se. Talvez umas lágrimas.

— Veja-se a coincidência — continuou Tóth — desta vida: Hans Schafer estava um dia a ser espancado à porta dum bar, numa espelunca onde ele se deitava em cima de prostitutas. Esse homem havia sido um dos guardas do campo de Mauthausen. Era um sujeito virulento, capaz de ser odiado com toda a dedicação. Eduwa reconheceu-o de imediato. Ninguém esquece quem o torturou das piores maneiras imagináveis. Hans estava a ser pontapeado com muito menos maldade do que aquela que possuía no corpo maltratado. No entanto, Eduwa não pensou duas vezes: atirou-se contra os agressores e, com uma calma inaudita, fez dois deles voarem contra uma parede. Os outros quatro fugiram, simplesmente. Hans Schafer estava muito maltratado. Tinha umas costelas partidas, e um braço. Eduwa levou-o, em ombros, até à barraca que tinha construído nos subúrbios de Dresden. Durante meses, dividiu o pouco que tinha com o seu verdugo. Apesar de não possuir nada, todos os dias trabalhava: era pedinte. Muita gente julga que ser pedinte não dá trabalho, mas a verdade é que mendicar dá muito mais trabalho do que trabalhar. Prostrar-se de joelhos cansa muito, mas humilhar-se cansa muito mais. E nada é mais fatigante do que pedir, implorar para viver. Mas era assim que Eduwa vivia, entre a mendicância e alguns trabalhos fortuitos. Tudo o que ganhava servia para pagar a comida de duas pessoas: a sua e a do seu torturador. Por isso, caro Marlov, não é de espantar que, um dia, após a convalescença, Hans Schafer tenha voltado a ser ele mesmo: mal teve forças para dar um pontapé, foi isso que ele fez. Eduwa caiu com o seu sorriso delicado, a sua cabeça baixa, e não ripostou. O outro ficou lá em casa durante meses. Espancava-o frequentemente e ficava com todo o dinheiro que ele mendicava. Eduwa nunca abandonou a sua barraca nem o dever de alimentar o seu carrasco. Todos os dias aparecia com umas moedas na mão antes de o outro o deixar a dormir ao relento.

— E morreu?
— Ainda não. Anasztázia Varga tomou conta dele.
— Outra filha de Zsigmond?
— Precisamente, a mais nova de todos os rebentos legítimos. Nasceu pouco depois de Lujza ter sido expulsa de casa. O seu parto custou a vida da mãe. Cresceu educada por criadas e criados, sem qualquer relação com os irmãos. Era uma pessoa meiga, completamente diferente de qualquer um dos pais, uma jovem bonita, bondosa e ingénua, meio conto de fadas, meio inadaptada a um mundo de guerras. Um dia, por coincidência, veja como funciona este mundo, encontrou Eduwa na rua, doente, quase a morrer, e levou-o para casa dos Varga. Durante quase dois anos, Eduwa, depois de ter recuperado, foi o jardineiro daquela mansão. Anasztázia tratava-o com especial ca-

rinho. Quando Varga soube desta afeição, obrigou a filha a livrar-se de Eduwa. Ela fê-lo, mas arranjou-lhe um abrigo e visitava-o com regularidade, levando-lhe comida e dinheiro. Eduwa morreu com uma pneumonia num Inverno menos complacente. Anasztázia estava à sua cabeceira e este momento será, talvez, o mais importante da sua vida. O senhor terá, porventura, dificuldade em digerir algumas destas coincidências, mas a vida é um emaranhado complexo de fios. A maior parte deles, não os vemos e não conseguimos atar os nós das relações entre eles. Mas tudo se toca, todos os acontecimentos estão atados entre si por estas linhas. O que eu faço, ao contar esta história, é acentuar aqueles que vejo claramente e percebo serem relevantes. Deixo invisíveis inúmeros outros que não considero significativos e muitos mais em que não consigo estabelecer qualquer relação. É por isso que as histórias contadas, as histórias de vida, se parecem com grandes milagres do destino: porque nós limpamos o que não interessa, aquilo que não nos diz nada, para revelarmos apenas aquilo que é essencial. Repare que não falo apenas de grandes acontecimentos, também relaciono pormenores, mas reconheço, em qualquer um deles, importância e significado. Mas, como dizia, Eduwa morria e fazia como Sócrates. Sabia que Sócrates, antes de morrer, disse que devia um galo aos deuses? A Esculápio? Pois bem, Eduwa disse a mesma coisa, e Anasztázia sentiu-se na obrigação de pagar aquela promessa. Apanhou um avião e aterrou no Sudão francês. Por terra, foi até à Nigéria, passando por Daomé depois de ter atravessado o Alto Volta, que hoje é o Burkina Faso. Naquela altura, as viagens não se faziam como se fazem hoje, especialmente se estivermos a falar de uma mulher sozinha.

— Ela viajou até África para sacrificar um galo?

— Não necessariamente um galo, sabe, a deusa Oshun prefere outras coisas. Anasztázia atravessou África para dar uns rebuçados a uma deusa chamada Oshun.

— Ela viajou largos milhares de quilómetros apenas para colocar uns rebuçados num altar?

— Sim, reconheço que, para a época, foi uma decisão arrojada, mas foi o que aconteceu e eu não estou aqui a inventar. Adiante: Anasztázia, ao voltar da Nigéria, conheceu um homem por quem se apaixonou.

— Como é que se chamava esse homem?

— Ainda não é altura de dizer o nome dele.

Capítulo
— 28657 —

—Foi uma paixão daquelas do século XIX ou XVIII. Com toda a chama que isso implica, mas também com toda a tragédia grega que lhe subjaz. Um dia, estavam os dois na cama e o amante de Anasztázia Varga perguntou-lhe por que motivo ela estava ali. Repare que dormiam selvaticamente há dias, mas ainda não tinham conversado para além das trivialidades essenciais como saber o nome e pouco mais. Por isso, quando ele lhe perguntou sobre a vida dela e sobre o que fazia ali, ela respondeu-lhe contando como tinha conhecido Eduwa e como este havia pedido, no seu leito de morte, que uma dívida aos deuses fosse paga: era preciso oferecer uns rebuçados à deusa Oshun. Na pior das hipóteses, sacrificar um galo a outro deus qualquer, talvez Shango.

— E? — perguntou Marlov.

— E agora vou dizer-lhe o nome do homem: Mathias Popa. Era precisamente o mesmo nome do filho de Lujza Varga. O motivo de tal acaso é muito simples. Era a mesma pessoa.

— Não havia uma diferença de idades considerável?

— Não. Na verdade, Anasztázia era dois anos mais nova do que Mathias Popa.

— Ou seja: Anasztázia estava apaixonada pelo sobrinho, andava a dormir com ele.

— Exatamente. Quando Popa ouviu falar no jardineiro, perguntou a Anasztázia qual o seu apelido. Haviam privado na maior privacidade, mas não tinham revelado os seus apelidos. Quando Anasztázia disse a palavra "Varga", Popa levantou-se da cama, como um autómato, e saiu sem dizer uma palavra. Ela nunca mais voltou a vê-lo.

Samuel Tóth deu uns passos para o lado e convidou Filip Marlov a segui-lo. Numa sala contígua, havia inúmeras obras de arte e fotografias penduradas. Não só nas paredes, mas também no meio da sala, como roupa pendurada. Do centro erguia-se uma escadaria imensa que unia todos os sete andares.

— Nós, aqui, fabricamos vidas. Não fazemos ficções, fazemos a realidade. Multiplicamos o Homem, criamos novas maneiras de ver as coisas. Transformamos personagens em figuras históricas. São Paulo conseguiu transformar um homem em Deus. Tinha uma matéria-prima, um sujeito, que não tinha nada a ver com o produto final. Esse foi refinado por muitos anos de concílios. E é isso que eleva um homem à imortalidade: as suas ideias tornam-se universais e fecundam toda a gente. As palavras podem entrar nos ouvidos de números impensáveis, incontáveis. A criação de vidas prolonga-nos até ao infinito. É tornando-nos muitos que chegamos a ser todos, que o Todo e que é o Um. O Homem tem de ser visto de vários ângulos ao mesmo tempo, sobrepostos. O mesmo homem deve ser cheio de incoerências e anacronismos e deve saber viver com isso. Colocarmo-nos no lugar dos outros, enchermo-nos de outros, dos inimigos, dos amigos, dos ladrões, das putas, dos ministros, dos taxistas, dos engenheiros, dos embusteiros, dos generosos, dos selvagens, dos mentirosos, dos avessos, dos miseráveis, dos budistas, dos banqueiros, dos anarquistas, dos pilotos de aviões, dos porcos, dos santos, dos cristãos, dos vizinhos, dos loucos, dos abomináveis, de todos, todos sem exceção, até dos familiares longínquos e próximos. Todos dentro de nós para que nos seja fácil compreender aquelas diferenças e, eventualmente, encontrar uma paz no meio dessa tensão. As guerras têm mais dificuldade de existir quando as pessoas se compreendem umas às outras. As bombas caem menos, os prédios tendem a ficar de pé, os corpos não se despedaçam com a mesma frequência, os braços deixam de voar e é possível que as gaiolas deixem de existir, os campos de concentração passem a ser museus para a nossa memória. Aqui, como já lhe disse, fabricamos vidas. Pegamos em personagens de papel, finas como as páginas onde vivem, e damos-lhes existência. O ideal é ter personagens de terra, mas para isso precisamos de as fazer viver entre os homens, fazê-las ir às compras, fazê-las expor as suas criações, exibir os seus pensamentos, serem citadas, serem faladas. Ouça, Sr. Marlov, a existência é feita de testemunhos. Sem isso, não há nada. O "outro" é quem faz com que nós existamos. Sem percepção, não há nada. Esse *est percipi*, dizia Berkeley com toda a razão: ser é ser percebido. Nós existimos porque há testemunhos, há espelhos por todo o Universo. As relações com "outro" é que nos criam a nós. Não há barulho quando não há ninguém para o ouvir. Há um antigo fragmento anónimo do século I depois da Hégira que diz que, quando Deus criou o pássaro, o céu tornou-se evidente. Estava lá em potência, mas não era percebido. Enfim, o que fazemos é o mesmo que Oskar Kokoschka fazia: levamos as nossas ficções à ópera.

— E Mathias Popa?

— Conheci Mathias Popa quando comprei esta casa. A história dele é que fez nascer este negócio de levar personagens à ópera. Certa vez, tentei contactar Anasztázia Varga. Mandei-lhe um cartão, mas não tive resposta.

— Posso falar com ele?

— Dificilmente: Mathias Popa morreu há vários anos. Uma coisa na cabeça.

Com o indicador da mão direita, Tóth apontou para a sua própria cabeça antes de prosseguir:

— Aquele Mathias Popa de que Anasztázia Varga se lembra é uma pessoa muito melhor, mais bem definida, do que o outro Mathias Popa, o que andou por aí em bordéis e em salões de jogos e enfiado em bebidas. O Mathias Popa de Anasztázia Varga foi construído pelo amor. Apesar de o amor ser um mero produto bioquímico fabricado por glândulas e outras coisas viscerais. Num sentido lato, como recomendaria Empédocles, a força aglutinadora do Universo é o amor. Mas o Universo é feito de ódio, de corrupção, de coisas a afastarem-se umas das outras. De entropia. Uma pessoa junta areia e sal e não pode esperar que nasça uma janela dali, nem em milhões de anos. Mas, se houver uma janela, é muito fácil que ela venha a transformar-se em areia. Basta deixá-la ao ar, basta deixar a parte inorgânica da Natureza fazer o seu papel. A destruição é evidente em tudo o que nos rodeia, é um processo fácil. A construção é que é muito difícil. À nossa volta, o que há é ódio, morte: o Universo é um predador. Uma das únicas coisas que combate esta entropia é a vida. Junta células, junta organismos, cria cidades, comunidades, aglomerados. O resto desfaz-se. Lutamos, nós, seres vivos, com todas as nossas forças contra o ódio à nossa volta, mas o que prevalece é aquela Dresden de 1945. Bastou um momento de ódio para ela cair desfeita em cinzas. Um momento de amor não a fará reerguer-se, para isso é necessário um esforço imenso. Lutamos então contra a maior força do cosmos, contra aquilo que o caracteriza, contra aquilo que ele faz: expandir-se. O Universo expande-se, mesmo nos momentos de ócio. Isso quer dizer que separa tudo, faz com que todas as coisas se afastem, se dissolvam. O amor vai juntando as peças que pode... como um velho reformado a jogar dominó... e o Universo está aqui para baralhar tudo outra vez. Expandir-se, espreguiçar-se, como um gigante desajeitado que estraga tudo em seu redor: estraga os pássaros, estraga os sistemas solares, estraga as janelas. Precisamos de nos lembrar de que a vida é um fenómeno que resulta do amor, da união, entre todas as peças que a compõem.

— Portanto, Mathias Popa está morto. Uma coisa na cabeça, foi isso que disse?

— Precisamente, Sr. Marlov, precisamente.

Capítulo infinito
— O ÚLTIMO —

Filip Marlov telefonou a Adele contando-lhe, em poucas palavras, todas abruptas, o resultado da sua investigação:

— Mathias Popa está morto — disse o detective. — Foi uma coisa na cabeça. E, como se não bastasse, era sobrinho da sua avó. Volto amanhã para Paris.

No dia seguinte à noite, Adele encontrou-se com Marlov para conhecer a história com mais pormenores. Ouviu-a contada pelo detective, que era uma pessoa incapaz de compreender o tecido das coisas, apesar da sua capacidade para decorar e narrar detalhes, e de uma minúcia eficiente no que respeita ao ambiente, aos gestos, às expressões. Descreveu o modo como Tóth se vestia, os gestos que fazia, descreveu com rigor a casa concebida por Imre Lakatos. Passou ao lado de tudo o que era abstracto e, por isso, Adele teve de imaginar o que faltava à bidimensionalidade da narração de Filip Marlov. Ouviu uma história intrincada de um bisavô que queria pesar o Mal e colecionava borboletas. Admirou-se ao vislumbrar aquela trama invisível que une todos os destinos ou, se quisermos, todas as tragédias. E a sua avó teria de contentar-se com as suas recordações, com o seu passado, com essas bolas de ferro, cabeças, que arrastamos ao longo da vida.

Adele Varga saiu do escritório de Filip Marlov com uma espécie de raiva. Não sabia contra quem a deveria dirigir, mas sentia-se magoada pela maneira como o Universo trata os nossos afectos. Entrou no bar mais próximo e pediu um *manhattan*. Nessa altura, enquanto bebia, apareceu um homem ao seu lado. Conversaram sobre música porque ele era músico e, no final da noite, apaixonaram-se para sempre. E ficaram assim, nesse estado tão pouco natural, para o resto da sua eternidade: a lutar contra o Universo. Ao fundo, ouvia-se uma música de Django Reinhardt: *Tears*.

O pintor Oskar Kokoschka estava tão apaixonado por Alma Mahler que, quando a relação acabou, mandou construir uma boneca, de tamanho real, com todos os pormenores da sua amada. A carta à fabricante de marionetas, que era acompanhada de vários desenhos com indicações para o seu fabrico, incluía as rugas da pele que ele achava imprescindíveis. Kokoschka, longe de esconder a sua paixão, passeava a boneca pela cidade e levava-a à ópera. Mas um dia, farto dela, partiu-lhe uma garrafa de vinho tinto na cabeça e a boneca foi para o lixo. Foi a partir daí que ela se tornou fundamental para o destino de várias pessoas que sobreviveram às quatro mil toneladas de bombas que caíram em Dresden durante a Segunda Guerra Mundial.

TERCEIRA PARTE

Miro Korda
(*Minor swing*)

Entrou no salão. As pessoas juntavam-se, acima de tudo, à mesa. Havia muitas tapas e marisco. Também não faltavam bebidas. Ao canto estava sentada, em cima de uma mesa, uma japonesa com um corpo muito fininho, tapado por um vestido verde muito claro. Abanava as pernas como uma menina. Esse é um movimento que torna as mulheres mais leves, mais novas, pensou Miro Korda. A japonesa deveria ter uns quarenta anos e tinha um patinho bebé nas mãos. Korda passou por ela e sacudiu a cabeça num cumprimento. A japonesa mostrou-lhe o pato, e Korda, com as suas mãos enormes, fez-lhe uma festa desajeitada na cabeça. O pato grasnou e a japonesa riu-se.
— Gostas do meu vestido verde?
— Gosto. Ainda será melhor depois de maduro. É teu, o pato?
Ela não respondeu. Ficou a olhar para o pato com os olhos perdidos.
— Vais tocar hoje?

— Vou.

— A que horas?

— Quando acabar a cerveja, porquê?

— Por nada. Acho que o pato está a ficar impaciente. Queres fazer-lhe outra festinha na cabeça?

Miro Korda levantou a sua mão direita e passou o indicador por baixo do bico do pato. O bicho, nas mãos pequeninas da japonesa, abanou as penas e abriu o bico. Parecia estar a sacudir água. Korda molhou o dedo na cerveja e passou-o pelo bico do pato.

— O que é que estás a fazer? És parvo?

Korda não respondeu. Fez um gesto com as mãos (enormes) e subiu para o palco. Tirou o casaco e pendurou-o nas costas da cadeira. Não conseguia tocar sem um casaco pendurado nas costas da cadeira. Ajeitou o cinzeiro (entornava-o sempre) de modo a não o derrubar e tirou um cigarro do maço. Acendeu-o e prendeu-o nas cordas da guitarra, junto aos carrilhões. Depois de afinada, tocou umas escalas para desentorpecer os dedos grossos.

Nunca serei um grande guitarrista, pensou Miro Korda a olhar para as mãos. São muito grandes e falta-me delicadeza. Há trastes que tenho dificuldade em pisar e a velocidade dos dedos é muito limitada. Os dedilhados da mão direita também são toscos, por vezes toco em mais de uma corda sem querer.

Korda pousou a guitarra no suporte, pegou na cerveja, entornando o cinzeiro, e dirigiu-se ao balcão.

Acabou a sua atuação com uma versão de *Minor swing*. A sua guitarra, cor de mel, assentava muito bem com o fato escuro às riscas que costumava usar.

Tocava sempre de óculos escuros e camisa branca. Saiu com a japonesa de vestido verde e foram para casa dela.

Korda caminhava vestido impecavelmente e tinha uns nós dos dedos muito grandes. Pareciam batatas. As unhas eram cor-de-rosa e estavam sempre muito bem tratadas. Tentava caminhar à mesma cadência das outras pessoas, neste caso, da japonesa, mas era-lhe difícil, pois tinha as pernas demasiado pequenas. Por vezes, tinha de dar uns saltinhos para acompanhar os outros, mas sempre discretamente.

Anamnese

— Ele teve um aneurisma e operaram-no — disse Korda com um cigarro na boca. A japonesa ouvia-o com muita atenção enquanto enrolava o vestido nos dedos. — Esqueceu-se de tudo. Tudo! Nem devia saber fazer um dó. Ele, que era um músico genial. Teve de aprender a tocar guitarra outra vez. Do início. Ele é a prova de que a anamnese platónica é um facto. Reaprendeu a tocar ouvindo-se a si mesmo. Punha os seus discos a tocar e tentava imitar-se. Conseguiu voltar a ser um grande guitarrista. É por isso que eu gosto de Platão: aquela coisa de a nossa alma ter estado em contacto com as Ideias e de que, ao chegar aqui, à estação de Tercena, esquecemos tudo. E depois começa a vida, que não passa de tentar recordar aquele mundo das Ideias. Tal qual como Pat Martino. Nunca toquei com ele, mas gostava de lhe perguntar umas coisas.

— Nunca ouvi falar. Esse Pat Martino teve um aneurisma?

— E depois esqueceu-se de tudo. Teve de aprender a tocar ouvindo as gravações dos seus próprios discos. É uma história verdadeira, não estou a inventar. Entra numa discoteca e procura na secção de *jazz*. Pat Martino. Decora o nome.

Ela abriu a porta da rua e subiram as escadas. Miro Korda agarrava-lhe a cintura e ela abanava a sua falta de ancas. Entraram no apartamento.

— Vou pôr o pato na caixa.

Havia, em cima de uma secretária, uma caixa de cartão. O apartamento estava impecavelmente arrumado e quase não tinha mobílias, parecia um jardim *zen*, despojado de tantas rosas e gladíolos. A televisão estava no chão e havia uma cadeira junto à secretária. O pato grasnava enquanto Korda, com as suas mãos muito grandes, agarrava o corpo fininho da japonesa. Na sua cabeça, cantarolava: "o pato vinha cantando alegremente, quém, quém, quando um marreco sorridente pediu pra entrar também no samba, no samba, no samba".

Korda classificava as pessoas por acordes musicais

Korda classificava as pessoas por acordes musicais. Andava na rua a atribuir acordes às pessoas que se cruzavam com ele. Fazia o mesmo com os amigos, com os familiares, com os conhecidos e, às vezes, com objetos.

Um pessimista é um acorde menor.

Uma mulher sofisticada é um acorde de nona.

Uma adolescente com um vestido muito leve é um acorde de sexta.

Se mantiver um ar jovial depois dos trinta, é um acorde de décima terceira.

Os filósofos de barbas são diminutos de sétima. Às vezes, são notas soltas.

ploc-ploc-ploc

Entrou no comboio com um jornal debaixo do braço. Encostou-se ao varão a ler as gordas. Distraía-se, por vezes, se uns sapatos de mulher entravam no seu campo visual. Normalmente, levantava os olhos para ver a cara. Depois atribuía-lhe um acorde. Quando conhecia alguém, conseguia ver uma estrutura musical e uma composição. Quando falava com as pessoas mais chegadas, sentia a melodia correspondente a soar junto às têmporas. Era uma sensação subtil, mas concreta, um formigueiro de sons.

Nesse dia, não viu sapatos, por isso leu o jornal — só os títulos — de ponta a ponta. Saiu na Baixa e deitou fora o jornal. Penteou as sobrancelhas na montra duma pastelaria, usando os polegares. Desceu a Rua Garrett batendo com os seus tacões na calçada: ploc-ploc-ploc.

A morte é aquela máquina que lê códigos de barras nos supermercados e assim

A noite já era dia quando Miro Korda acabou de beber mais um uísque. Saiu no seu passo pequeno e trôpego, encostou-se a uma parede qualquer. Pousou a guitarra e passou as duas mãos pelo rosto para pentear as sobrancelhas. De seguida, tirou o maço de cigarros do bolso. Acendeu um cigarro com uma lentidão alcoólica e encheu os pulmões enquanto olhava para o céu cheio de nuvens. Naquela altura, pareceu-lhe estar a encher os pulmões de nuvens. Parecia que ia chover.

O Bairro estava quase deserto àquela hora e quem por lá passava não tinha ar de estar à procura de fazer amizades. Korda não tinha medo. Com o seu bigodinho à anos vinte, alguns cabelos brancos muito bem penteados juntamente com os outros, olhava para quem passava com a descontração de quem não tem medo e/ou está bêbado. As suas mãos grossas eram capazes de torcer uma barra de ferro até esta pedir misericórdia. Tinha um nariz de águia, uns olhos azuis e um fato de flanela, às riscas e feito à medida, que lhe assentava na perfeição. Apagou o cigarro com o salto do sapato (um salto demasiado grande para a Humanidade, mas em particular para um homem) e agarrou na guitarra para ir para casa. Miro Korda não era nada alto e isso ressentia-se por dentro. Era um homem que fazia os possíveis por ter saltos nos sapatos de modo que estes fizessem a altura que lhe faltava na alma. É sempre assim, o que nos falta fora de nós é apenas um reflexo do que nos falta dentro. Ou vice-versa. Os seus grandes tacões serviam-lhe, dizia ele, para dançar tango, dança onde se mostrava um perfeito incapaz. Certa vez, num clube noturno de Buenos Aires, depois de ter tocado durante hora e meia, reparou que um velho muito magro usava uns saltos enormes enquanto dançava com uma puta de peitos colossais. Olhou com tanta insistência para aquele par, que ela, julgando ser o motivo de tal interesse, acabou por sentar-se na mesa de Korda. Sem rodeios, passou-lhe a mão pela virilha enquanto pedia duas bebidas. Para ela e para Korda. Os lábios dela, lambuzados de muitas noites de tango, fizeram uma passagem fugaz pelos lábios desertos de Korda.

— Chamo-me Mercedes.
— Miro.

Dançaram durante algumas músicas até surgir um homem, com um microfone, a anunciar que, com o *hip hop* que haveriam de ouvir a seguir, o futuro estava assegurado. Não estava assegurado, isso poderia assegurar Korda, mas deu para descansar um pouco do tango e das mãos da sua companheira.

— De onde vens?
— Portugal.
— Eu sou professora de Inglês. Dou aulas numa escola particular. À noite venho para aqui dançar... a dança é tudo nesta vida... e divertir-me. Também ajuda a compor as contas ao final do mês. Mas não vou para a cama com qualquer um. No fundo, junto o útil ao agradável. Esse nome é português?
— É artístico. O meu nome de batismo é Ramiro Corda.
— Compreendo. Eu também uso Mercedes, mas esse não é o meu nome verdadeiro.
— E qual é esse nome?
— O verdadeiro?
— Esse.
— Ainda não sei, mas sinto que o nome de batismo, o que nos dão à nascença, não é o nosso nome, compreendes? Há outro escondido debaixo das nossas rugas, debaixo das nossas infelicidades todas, que é o nosso código de barras, como os das compras. Um dia, quando estiver a morrer, com a morte nos olhos, saberei que nome é esse. O último suspiro é isso mesmo, Miro, o nosso nome verdadeiro. É claro que ninguém o entende. É muito difícil traduzir um suspiro numa pessoa inteira, numa alma infinita. Mas aquele suspiro é isso, é um nome eterno, um nome artístico, como dizes. A morte é como aquela máquina que lê códigos de barras nos supermercados e assim.
— Miro é como os meus pais me chamavam em criança. Fiquei assim, decepado das minhas primeiras duas letras. Depois substituí um C por um K, no ape-

lido, apenas por razões estéticas. Não sei nada sobre esse último suspiro e ainda sou novo para saber.

Ele não prolongava muito as conversas, mas ela tinha uma língua comprida cheia de perguntas e respostas:

Profissão.

Idade.

Altura.

Confissão religiosa.

Signo solar, lunar e ascendente.

Inclinação política — (aqui ela disse que a única direita a considerar seria depois de virar duas vezes à esquerda). Korda não percebeu a frase. Ela fez um desenho num guardanapo.

Uma grande mentira, é o que nós somos

— Não és muito falador — disse ela.
— Às vezes sou um papagaio. Falo muito. Um tipo meu amigo toca saxofone, mas não toca muito bem, passa a vida a mandar-me calar. Diz que falo muito.

Korda acordou numa pensão do centro com aquela mulher enorme e uma ressaca exatamente da mesma medida. Mas ainda tinha bem presente a memória daquele velho baixinho, careca e com saltos muito grandes. O homem estava impecavelmente vestido e dançava como se Gardel fosse a sua sombra. Korda perguntou a Mercedes quem era o velho:

— Quem era aquele homem com quem dançavas ontem?
— Filetas. Não sabe dançar, mas tem postura. Isso é essencial. Há homens que pegam em mim como se eu fosse roupa delicada, daquela com etiquetas finas. Filetas sabe pegar numa mulher.

Dizendo isto, Mercedes agarrou a coxa com força e fez cara de esforço. As suas bochechas tremeram e a cor branca da cara avermelhou-se. Depois, agarrou as mamas com força e fez o mesmo ar.

— Isto — apontava para o seu corpo — é como se fosse um touro — disse ela. — Tem de ser com muita atitude. Filetas é tão leve que qualquer mulher o faria levitar com o fumo de um cigarro, mas ele soube compensar isso com uns bons tacões, umas mãos possantes (como as tuas) e aquela atitude que ele tem. Não há nada tão pesado quanto uma boa atitude. Os tacões apenas revelam isso.

Korda concordou com um aceno.

— Há que ter atitude — continuou ela — para que não se levante voo, para que se tenha raízes ainda que se mexa os pés com a graça do tango. Um homem deve ter sempre os pés bem assentes na terra, mesmo quando salta para o abismo. É preciso muita seriedade. A leveza não serve a nenhuma mulher. Dançar o tango parece que se faz com leveza, mas isso não é uma coisa séria. Já vi quem dançasse com um sorriso. Esses não têm nada a ver com o tango. São artistas de circo que decoraram coreografias. Não há nada mais grave do que esta dança. Perdi muitos familiares antes de conseguir dançar como danço. Muitos funerais, muitas infelicidades e, depois, no meio da tragédia, o tango aparece. Mas não é uma coisa alegre. É séria.

— Um homem deve ter sempre os pés bem assentes na terra, mesmo quando salta para o abismo — repetiu Korda pensativamente. — Os homens nunca se riem quando estão a foder. Já ouvi dizer que não se pode ter filhos no espaço porque não há gravidade.

Não há seriedade. O sexo não tem piada nenhuma. Fazemos caras de dor, mas é só isso. Não nos rimos.

— A nossa vida depende da leveza que damos ao nosso peso e vice-versa.

— E vice-versa — concordou Korda. — Um dos maiores prazeres do Homem faz-se com cara de sofrimento. É evidente que somos uma grande contradição.

— Uma grande mentira, é o que nós somos.

Sou um ateu
não praticante

— Amanhã vou a Paris — disse Miro Korda.
— Abandonas-me.
— Não, pai. Vou lá tocar.

Emílio Corda olhava para uma chávena morta, sem café. Miro Korda fazia a mesma coisa.

— A vida é lixada — disse o pai. — No outro dia estava num restaurante e percebi aquilo do Inferno e do Paraíso. É muito simples. Imagina um restaurante onde está um grupo de pessoas a divertir-se. A comida sabe-lhes bem, conversam uns com os outros, o vinho escorrega. Em suma, estão felizes. Noutra mesa há outro grupo de pessoas que se olham com ódio, escondem sorrisos, dizem que sim mas querem dizer que não, agridem-se, roubam comida, atiram comida. Reclamam da qualidade do serviço. Estás a ver o problema? O restaurante é o mesmo, o *chef* é o mesmo, a ementa é a mesma, mas uns divertem-se e outros não. O Paraíso e o Inferno são o mesmo restaurante. O que muda são as pessoas que se sentam ao teu lado, na tua mesa. Voltas quando, de Paris?

— Isso do restaurante não me diz nada. Volto daqui a uma semana.

— Isso do restaurante não te diz nada porque és um ateu. Comes omeletas, mas não acreditas em galinhas.

— Na verdade, pai, sou um ateu não praticante.

— Mas naquele restaurante ainda há uma terceira mesa. Tem um pai sozinho, a jantar sem ninguém à volta.

— Volto daqui a uma semana.

— Um pai sozinho, é o que é.

Miro Korda
faz uma vénia

Miro Korda fez as malas e apanhou um avião. Sentou-se alarvemente (ou então era o espaço que era tão minúsculo que parecia que se havia sentado alarvemente) e abriu uma garrafa de vodca polaca que tinha comprado no *free shop*. Bebeu uns dois ou três copos, sem gelo nem hesitações, acompanhados de um comprimido para dormir e outro para o enjoo. Observou o corpo das hospedeiras e fingiu tomar atenção às instruções dadas: a porta de emergência, as máscaras, aqueles sinais feitos com os braços todos, as luzes no chão, os coletes. Pôs o assento para trás só para poder ser repreendido por elas (endireite o assento, disse uma delas, e ele sorriu com um sorriso de malícia).

Adormeceu de seguida, ainda o avião não tinha descolado. Acordou algumas vezes para deixar os outros passageiros mais contíguos irem à casa de banho e para acabar com a garrafa de vodca polaca. Quando o avião aterrou, alguns passageiros bateram palmas e Korda levantou-se, estremunhado (estava a dormir profundamente), e fez uma vénia, agradecendo os aplausos. Caiu no seu assento, no 14G, e readormeceu instantaneamente. Foram precisas duas hospedeiras para o acordar.

Miro Korda
em Paris

Procurou um hotel, mas tudo o que encontrou foi uma pensão. Estava a nevar.

Assalto

Korda caminhou uns metros com a sua guitarra antes de ouvir uns gritos. Eram cinco da manhã. Os gritos vinham de uma transversal. Korda parou, meio cambaleante, a olhar para a sua esquerda. Depois de conseguir focar, viu uma rapariga a ser assaltada por dois homens. Atravessou a rua com a guitarra e — quando chegou ao pé da rapariga que se agarrava a uma alça da mala enquanto um dos homens agarrava outra alça — pousou-a com muito cuidado. Um segundo assaltante tentava prender os braços da rapariga, mas ela sabia defender-se. Não era um assalto fácil. A mulher tinha uma agilidade fascinante e um cabelo negro e solto, quase tão flexível quanto as suas pernas longas. Era magra, sem ser muito alta, e tinha um pequeno sinal perto do olho esquerdo. As suas pernas disparavam-se em pontapés violentos que os homens tinham dificuldade em parar.

Quando viram Miro Korda, os assaltantes pararam, tentando perceber o que queria aquele intruso de bigode anacrónico. Korda não disse uma palavra. Atalhou o seu discurso com um soco que acertou no homem mais perto dele. A violência do impacto foi tal e o barulho tão incrível que o outro largou a correr. Korda olhou à sua volta e tudo o que viu foi um assaltante caído no chão. A mulher tinha fugido quando ele se aproximara.

Aquele momento pareceu-lhe propício a vomitar, e foi o que fez. Tirou um lenço para limpar a boca. Passou as mãos pelas sobrancelhas e o polegar pelo bigode. Pegou na guitarra e foi para a pensão.

A trovoada acordou-o a meio da noite. Tinha o coração aos saltos e a respiração ofegante. Foi até ao frigobar e serviu-se de um sumo de laranja. Acendeu um cigarro e encostou-se à janela. Aquela cidade das luzes iluminava-se a espaços com os relâmpagos. Korda começou a sentir frio e foi deitar-se. Demorou um pouco a adormecer, sentia-se estranhamente agitado.

Acordou com uma grande dor de cabeça e tomou uma aspirina. Penteou as sobrancelhas com os polegares e foi tomar o pequeno-almoço: vários copos de sumo e pão com queijo e doce.

Passada a semana de compromissos, apanhou um táxi para o aeroporto e voltou para Lisboa.

Murros às paredes

O relato de futebol ouvia-se a atravessar as paredes. Emílio Corda bateu com os punhos no reboco e gritou para que baixassem o rádio. O relato subiu de tom. Gritos abafados misturavam-se com golos, faltas na área e cantos por marcar. Um dos amarelos foi bem mostrado.

Korda ouvia um disco com as seguintes músicas: *Fly me to the moon, I've got my love to keep me warm, Minor swing, Weed smoker's dream, Caravan, Lazy bones, My funny valentine, Stardust, You belong to me, Brother can you spare a dime?, Moanin' low, Primitive man, Sway, Strange fruit, Forgotten man*. Quando o disco acabou, voltou a ouvir as mesmas músicas: *Fly me to the moon, I've got my love to keep me warm, Minor swing, Weed smoker's dream, Caravan, Lazy bones, My funny valentine, Stardust, You belong to me, Brother can you spare a dime?, Moanin' low, Primitive man, Sway, Strange fruit, Forgotten man*.

O pai continuava aos murros às paredes.

No meu tempo era goela

— Como estás? — perguntou Miro.

— Não acredito em nada do que se diz por aí — respondeu o pai, dobrando o jornal e pousando-o em cima da mesa da cozinha.

— Referia-me à ressaca, mas o que é que se diz por aí?

— Que o Homem vem do macaco. Isso até pode ser para alguns de nós, mas nem todos. Ainda há pessoas decentes, não é preciso ser tão pessimista. Apesar de que os grandes lesados com essa teoria da evolução das espécies não foram os padres, foram os macacos. Não mereciam. Ontem fui ao médico e quando saí comprei duas garrafas de aguardente. Bebi uma por causa das minhas costas e outra por causa do mundo. O médico mandou-me abrir a garganta e eu disse-lhe, doutor, no meu tempo era goela. E ele com aquele pauzinho ridículo enfiou-mo na garganta (dantes era goela) enquanto eu dizia *ahhhh*. Aquele pau de gelado é um instrumento de tortura. Onde é que anda a

OTAN nestas alturas? E os exames da próstata, Miro, fazes ideia da humilhação que é? É medieval. É de um gajo gritar pela fogueira. Confesso tudo, disse eu uma vez, mas o doutor mantinha os dedos enfiados no meu rabo. Confesso, gritava eu. Ontem, enfiaram-me uma agulha que dava para fazer espetadas de carne. Grossa como o meu mindinho. Fiquei vermelho durante uma semana. Só me sentava com receita médica.

— Não foi ontem?

— Precisamente. Fiquei vermelho durante uma semana. Aliás, foram eles que me limparam metade do fígado. Tenho meio órgão. Os médicos são uns ladrões. Não curam. Inventaram a cirurgia para nos roubarem coisas. Quando há uma doença, extraem. Isso não é curar, é roubar. Vamos ficando mais pequeninos e eles mais ricos. O que não falta por aí são doenças para encherem os bolsos. Há mais doenças a afectar a Humanidade do que humanidade a afectar pessoas. É este o estado das coisas. Um médico ganha que se farta e nós vamos ficando sem órgãos. Uma pessoa pode contabilizar assim a decadência: quantos órgãos tens a menos?

— E a ressaca?

— Morreu o Pamplona.

Emílio Corda coçava as veias azuis do nariz.

— Quando foi isso? — perguntou Miro.

— Quando o coração dele deixou de trabalhar, o preguiçoso. Anteontem à noite. Recebi um telefonema da mulher.

— Quando é o funeral?

— Não pretendo ir.

— Como assim? Era o teu melhor amigo.

— Não era nada. No outro dia entrei em casa dele e encontrei duas cassetes.

— E então?

— Ele não tinha dinheiro para comprar espinafres para a sopa. Nem sequer tinha televisão.

— Se calhar não eram dele.

— Eram dele. Quando reparei que ele as tinha numa mesinha da sala, começou a gaguejar e disse-me que não eram dele.

— E não estava a dizer a verdade?

— Peguei nas cassetes. Eram clássicos daqueles a preto e branco. Filmes que tínhamos visto nos anos cinquenta, quando eu lhe pagava os bilhetes do cinema porque ele não tinha um centavo para comprar espinafres para a sopa. Aparecia lá em casa e era a minha mãe (a tua avó) que lhe dava de comer. Era pele e osso. Quem lhe pagava os bilhetes do cinema era eu. Há um mês atrás entro em casa dele e vejo aquilo na mesinha da sala. Ouvi a explicação que ele arranjou: que era de um amigo, mas eu conheço-o, ou melhor, conhecia-o, e senti que estava a esconder qualquer coisa. Foi a mulher dele que me contou tudo hoje de manhã. Já não aguentava mais. Como sabes, o Pamplona e eu jogávamos, todas as semanas, na lotaria. Há trinta anos não era exceção. Eu nunca conferia as coisas porque era ele que tratava de tudo. Quando havia uns dinheiros a receber, investíamos na semana seguinte ou gastávamos num jantar de marisco em Alcântara. Mas o cabrão, há uns vinte anos, ganhou o primeiro prémio da lotaria. Milhares de contos. Não me disse nada e andou a esconder aquilo de mim. Por um lado, não queria dividir o guito, por outro, não queria perder a minha amizade. Por isso, continuava a viver como um pobre e se comia melhor era quando eu não estava a ver. Comprou uma televisão e tudo. E, mais tarde, um leitor de vídeo para ver filmes a preto e branco. De detectives e isso. O que a gente gostava do Bogart e da Lauren Bacall e dos diálogos escritos pelo Chandler! Uma vez até ofereci ao Pamplona uma gabardina igual à que o Bogart usava no *À beira do abismo*. Uma amizade com cinquenta anos e, nos últimos vinte e tal, quando eu ia lá a casa, escondiam tudo no quarto, debaixo da cama, num caixote: a televisão, o videogravador, um robô de cozinha e um quadro dum impressionista qualquer. Que vida mais estúpida. A mulher já não suportava mais aquela situação. Milhares no banco e sem poderem gastar à vontade porque o Pamplona não deixava. Ela queria comprar um vestido, mas não dava. Ou, se o comprasse, tinha de o usar lá na terra da família dela, onde eu não pudesse ver. Mais de vinte anos disto. Agora o Pamplona morreu e ela ficou com o dinheiro. Contou-me tudo e não me vai dar nenhum. Apesar de eu ter pago metade daquele bilhete da lotaria. Mandei-a levar no cu e ainda lhe disse que se, por acaso, ela tivesse a honestidade de fazer a coisa honesta e dar-me a minha parte, o que me pertencia por direito, eu dava tudo aos pobrezinhos, que deles não quero nada. Décadas a viverem como dois miseráveis, só para não partilharem o dinheiro.

— Não vais ao funeral?
— Não ouviste o que acabei de te contar? Das cassetes e dos filmes a preto e branco?

O dia seguinte:
a noite toda

No dia seguinte, Korda tocou a noite toda, muito mais tempo do que lhe pagavam para tocar.

Já reparou que isto é tudo matéria bruta?

A manhã estava nevoenta e Miro Korda atravessou aquela humidade com lassidão. O seu cabelo, impecavelmente penteado, parecia ficar ligeiramente para trás quando ele se deslocava. Os saltos dos seus sapatos batiam na calçada e faziam um ploc-ploc semelhante a chuva a bater no vidro da janela. O café do Magro ficava mesmo numa esquina e era aí que Korda, ritualmente, tomava o seu pequeno-almoço, que era composto de café, aguardente, dois cigarros e um salgado. Por norma, um croquete.

Os tacões dos seus sapatos, ao entrar, faziam com que Magro começasse a preparar o pequeno-almoço de Miro Korda. Diligentemente servia a aguardente, tirava o café e aconselhava o salgado:

— Os rissóis, hoje, estão uma maravilha, uma quintessência de marisco com um polme perfeito. São mais de dez mil anos de civilização para culminar nesta habilidade da cozinha a que, por humildade, chamamos rissol. Vai querer um? Ou prefere ferir o meu bom gosto optando por uma merendinha? Também estão boas.

— Bom dia, Magro. Pode ser um croquete.

— Muito bem escolhido, eu não faria melhor. Está com olheiras, Korda. Teve uma noite difícil?

— Nem por isso. Um ré diminuto completamente fora de tempo, mas o público, graças a Deus, é surdo a estas coisas. Há uns meses vi uma mulher a ser assaltada. Não me sai da cabeça, o assalto. Não me lembro da cara dela, mas ainda ontem sonhei com a cena.

— Este mundo é um perigo.

— Ajudei-a — Korda mostrava o punho — e ela foge sem agradecer.

— Este mundo é uma falta de educação. Já reparou que isto é tudo matéria bruta? Como é que um espírito refinado pode nascer de uma coisa tão rude como é a matéria-prima deste mundo? Uma pessoa olha para as voltas que aqueles intestinos a que chamamos miolos dão dentro da caixa craniana e não percebe como é que aquilo, tudo tão cinzento, pode ter uma ideia, quanto mais alguma espécie de cortesia. Tem aqui o café.

Korda bebeu o café, pensativo, enquanto Magro punha a louça na máquina. Tirou um cigarro e acendeu-o. Pediu o jornal para ler as páginas de desporto.

— Mais alguma coisa, Korda? Um rissol?

Miro Korda pagou e saiu do café. Caminhou um pouco, entrou numa livraria, comprou dois livros e voltou para casa. Estendeu-se no sofá juntamente com um cigarro aceso, um cinzeiro e um livro de Heinlein. Adormeceu passado uma hora, acordando meia hora depois, um pouco sobressaltado. Despiu o fato, pôs o despertador para as dezassete horas e deitou-se na cama depois de tomar um analgésico. Voltou a adormecer.

A minha vida é um deserto, se parar de beber desidrato

Korda acordou antes do despertador. O seu pai debruçava-se sobre ele, meio desfocado, com o nariz a rebentar de veias azuis e vermelhas. As mãos não euclidianas de Korda agarraram nos ombros do pai e afastaram-no. O pai, Emílio Corda, deslizou pela parede e acomodou-se no chão. Miro levantou-se e debruçou-se sobre ele.
— Bêbado outra vez?
— Não bebi nada.
— Tens de parar de beber.
— Não posso. A minha vida é um deserto, se parar de beber desidrato.

Korda agarrou nele e ajudou-o a deitar-se. Levou mais de meia hora a fazê-lo, incluindo mudar-lhe a roupa. O pai adormeceu.

Korda foi para a cozinha estrelar dois ovos com pimenta. Comeu da frigideira com a colher de pau, entornou uns pedaços no chão. Cambaleou um pouco em direção ao quarto, deitando um olhar muito curto ao seu pai. Este ressonava de barriga para cima. Korda atirou-lhe um cobertor, que ficou caído, meio morto, sobre as pernas e um bocado do tronco.

Reserva para uma pessoa

Korda tocava por todo o mundo e ausentava-se cada vez mais: no Panamá, em cruzeiros, no Algarve, na Suíça, no Japão, em França, nos Estados Unidos, no México, em funerais, na Alemanha, na Áustria, em Singapura, em casamentos, em festas de aniversário. À medida que tocava, o pai ia passando mais tempo sozinho numa mesa de restaurante. E seria assim pelo resto da vida e, quem sabe, pela eternidade da morte.

Adele Varga, a da vida real

NENHUM DOS DOIS TEVE PACIÊNCIA PARA TRATAR
DE UMA CRIANÇA

De todas as coisas que se podiam dizer sobre Adele Varga, a mais evidente era o modo resoluto dos seus gestos, quase violentos, mesmo quando eram ternos. Passou uma infância distante de muitas coisas, educada pela avó, sem a mãe e o pai. Nenhum dos dois teve paciência para tratar de uma criança, nunca estiveram perto dela, provavelmente nunca estiveram perto de ninguém, nem deles próprios. Divorciaram-se dois anos depois de ela nascer. O pai, um advogado sem grande sucesso, era um homem volúvel, sempre com vontade de estar onde não estava, com umas olheiras densas e um sorriso ofuscante e franco. Tinha uns olhos azuis que ficavam muito bem com uma pele mais escura. Usava sempre a barba por fazer, o cabelo despenteado e o nó da gravata desapertado, numa ligeira displicência tão natural nele que ninguém reparava, nem em momentos mais solenes, que estavam perante uma espécie de selvagem formado em Direito. A mãe de Adele Varga era uma mulher magra, bonita, que gastava fortunas para se vestir enquanto os homens gastavam fortunas para a despir. Não há muito mais a dizer sobre ela. Era muito ausente em casa e muito presente em todos os outros lados.

A família é um fenómeno mais complexo do que uma avó

Em pequena, Adele passava muito tempo sozinha a brincar com bonecas (o pai oferecia-lhe muitas, quase todas loiras, quase todas morenas). Tentava dar--lhes vida, vestia-as e levava-as a passear, levava-as à ópera, dava-lhes banho e dormia com elas, provando assim que a ficção, e não o cão, é a melhor amizade do Homem. E é a primeira também. Infelizmente, envelhece depressa demais e tende a encarquilhar-se à medida que nos tornamos maduros, passando a ser uma sombra, ou uma mentira.

É assim que o Homem se torna absolutamente pobre, raramente tem a ver com dinheiro acumulado. As horas de solidão de Adele Varga trouxeram-lhe uma maneira muito própria de estar, alguma independência e pouca paciência para conviver. Gostava de pessoas, evidentemente, mas evitava certas pessoas, sem qualquer pudor, civilidade ou formalidade. Tinha uma fixação muito grande por artes de vários tipos, com uma clara preferência pelas marciais. Durante a adolescência praticou várias, sendo a maior parte japonesas. A avó, apesar de lhe dar toda a atenção possível, tal como era feitio dela, não era suficiente. Adele Varga tinha a certeza de que a família é um fenómeno mais complexo do que uma avó.

La danse macabre

A melhor amiga de Adele Varga, durante a adolescência, era uma prostituta chamada Paulette que fazia descontos a homens de esquerda. Aos outros, fazia-se cobrar com pompa. Com o que lhe sobrava das despesas quotidianas, pagava (com o mercado livre do seu corpo) a luta pessoal que protagonizava contra o capitalismo. Mandava imprimir cartazes de propaganda comunista e colava-os nas paredes.

Paulette era tão magra quanto Adele Varga, mas com uma silhueta completamente diferente. Tinha uns peitos inexistentes e umas ancas ossudas. Os pés eram grandes e chatos. Vivia com um homem muito mais velho do que ela, que parecia amá-la, apesar de mostrar uma indiferença solene perante as atividades noturnas de Paulette, tanto as mais políticas quanto as mais sexuais. O velho a quem Paulette chamava "velho" era um ávido colecionador de anúncios da secção de obituários de jornais. Tinha obituários de todo o mundo, aos milhares, arquivados em inúmeros dossiês, que ocupavam todas as prateleiras da sala, e, no seu quarto, as paredes estavam cheias desses recortes, de anúncios com as devidas fotografias e cruzes negras, falecimentos do chão até ao teto, num desfile soturno. Mortos pendurados às centenas apenas com fita-cola. O velho nunca falava sobre essa *danse macabre* particular, a sua coleção de mortos presos por fita-cola ou arquivados burocraticamente, mas, porque tinha sido oficial da Legião Estrangeira, tinha sempre muitos desertos para contar, histórias muito mais negras do que recortes de jornal. Conhecia as cobras todas, das mais venenosas às mais saborosas, e contava histórias de guerra que, de tão atrozes, só podiam ser verdade. Adele sentia um prazer estranho, quase sensual, quando escutava aquelas batalhas. Paulette também gostava de o ouvir, ria-se muito alto e, por vezes, levava-o para o quarto, para fazerem sexo junto dos mortos pendurados com fita-cola. Adele, certa vez, juntou-se a eles, e foi assim que iniciou a sua vida sexual.

Um dia, Paulette desapareceu

Um dia, Paulette desapareceu. Adele Varga procurou-a em todos os lugares que a amiga costumava frequentar, mas não obteve qualquer resultado. O velho não queria saber e a polícia também não. À noite, sempre que saía à noite, olhava para as paredes, na esperança de ver os cartazes de propaganda que a amiga costumava colar. Em vão.

Plasmodium vivax

Adele Varga tirou o curso de Economia, apenas para ter um motivo académico para se empregar. Não arranjou emprego na sua área, por isso começou a trabalhar em bares e, mais tarde, em outros bares. Alugou um apartamento, pois sentia necessidade de alguma independência. A avó não gostava da vida que ela levava, mas não a contrariava de maneira alguma, não era esse o seu feitio, pelo contrário, a conta da neta tinha sempre muito dinheiro para gastar.

Um dia, em que saía sozinha do trabalho — numa transversal dos Champs-Élysées —, Adele foi assaltada. Chegou a casa magoada na coxa direita, no braço do mesmo lado e nas costas. O porteiro, ao vê-la chegar sem a firmeza do costume, perguntou se ela precisava de alguma coisa. Adele sorriu ao de leve, afastou o cabelo, deixando ver um arranhão na face, e respondeu que não, muito obrigada. Subiu pelo elevador em vez de usar as escadas, como teria feito noutra ocasião qualquer que não tivesse sido antecedida por um assalto. Entrou em casa, pousou a mala e abriu o frigorífico. Tirou uma água mineral e bebeu-a enquanto caminhava para o quarto. Parou em frente ao espelho do quarto: o arranhão na cara tinha sido feito pela alça da mala, ao tentarem tirar-lha. Despiu a camisola e olhou para as costas, contorcendo o corpo como podia. Junto à tatuagem de uma flor japonesa, tinha uma nódoa negra. A perna direita doía-lhe por ter batido numa esquina de pedra. Nada de grave. Quanto ao braço, era uma dor muscular. Deitou-se sem tirar a saia, as meias e o sutiã. Tirou os sapatos com os pés e adormeceu de seguida, com a luz acesa, um sapato em cima da cama, a camisola entornada no chão e uma garrafa de água vazia deitada na mesinha de cabeceira. No outro dia, ao acordar, decidiu despedir-se e repensar a sua vida. A avó ficou contente com a mudança ou com a tentativa de mudança. Sugeriu uma viagem para pôr as coisas em perspectiva e Adele concordou. Nos dois anos que se seguiram, trabalhou como voluntária em África.

Ao cabo desses dois anos apanhou malária na Costa do Marfim e regressou a Paris. Voltou a ter mais ataques nos anos que se seguiram. Cada vez que começavam os violentos tremores, sempre ao pôr do Sol (acabou com todo o romantismo associado a essa altura do dia), desatava a rezar confusamente. A malária crónica foi uma coisa que a acompanhou durante muito tempo, muito mais do que os pais dela haviam feito.

Começou então a morrer com mais intensidade

A avó de Adele, Anasztázia, que sempre fora muita ativa em causas de beneficência, começava a dar mostras de cansaço: o seu otimismo tinha encanecido com ela. Anasztázia estava irremediavelmente velha, rugosa, enraizada no seu passado como um salgueiro. Lamentava-se da vida, coisa que nunca teve costume de fazer. Sempre se mostrara enérgica, batalhadora, e tinha sempre, na sua cabeceira, um livro de Bertrand Russel onde ela era particularmente intimada a agir em benefício dos outros para felicidade própria. Anasztázia Varga não precisava de um livro desses, porque ela era assim mesmo. O livro só servia de confirmação para a sua forma de estar no mundo. Mas os anos derrotam muitos otimismos, muitas maneiras de sermos felizes, e isso aconteceu com Anasztázia. A caridade, que sempre fora uma característica demasiado sua, estava esgotada pela velhice, por memórias que a incomodavam e a faziam tremer sob a pergunta mais cruel de todas: não teria sido melhor se tivesse optado de modo diferente?

Começou então a morrer com mais intensidade: moribunda, deitada na cama sem qualquer autonomia, suspirava continuamente por um homem que conhecera muitos anos antes num barco. Tinham tido uma paixão arrebatadora e ele abandonara-a sem qualquer motivo. Anasztázia Varga tinha ficado grávida dessa paixão. E, naquela altura, na cama, à espera de morrer, só pensava no passado, no amante que a transformara numa mãe.

As memórias não se guardam apenas na cabeça, no corpo todo, na pele, mas também em caixas de cartão escondidas/arrumadas em guarda-fatos

Adele ouviu tantas vezes aqueles suspiros que ansiavam por Mathias Popa que, um dia, tomou uma decisão: iria procurar o tal homem que era o seu avô. Estivesse vivo ou morto. Partiu em direção ao guarda-fatos, àquela caixa de cartão onde se guardam as memórias, para ver se encontrava alguma pista. E isso resumia-se a um cartão onde podia ler-se: "Eurídice! Eurídice!" e, no verso, o nome: Mathias Popa. Outro cartão, de um restaurante italiano, tinha um simples "amo-te" escrito a tinta permanente.

Tal como deve ser escrito o amor:

a tinta permanente.

Adele Varga pegou numa lista telefónica e descobriu rapidamente a morada da editora Eurídice! Eurídice!

Não perdeu tempo e apanhou um táxi que a deixou em frente a um prédio antigo. Subiu até ao segundo andar, onde se deparou com um quadro: *O triunfo da morte*, de Bruegel. A legenda dizia qualquer coisa a respeito de Dresden. A livraria era muito pequena e chamava-se Humilhados & Ofendidos, um espaço cúbico sem outras pretensões geométricas. Um homem de pernas finas, que coxeava da perna direita, atendeu-a com uma simpatia invulgar. Adele gostou dele, dos modos nervosos. Falou-lhe da avó e ele enterneceu-se.

Bonifaz Vogel e Mathias Popa

— Sente-se — disse Isaac Dresner a Adele Varga. — Não tenho boas notícias. Quer beber alguma coisa? Não? Olhe, se calhar é um choque para si, mas a pessoa que procura morreu. Lamento muito, nem imagina. Tinha qualquer coisa na cabeça que era inoperável. No fundo, todos temos coisas na cabeça, e essas coisas são sempre um insulto para a cirurgia. Mas o mais importante, para si, é outra história.

Isaac coxeou lentamente até à prateleira que ficava junto à janela. Se uma nuvem — que é sinónimo de leveza — pode pesar mais de quatrocentos quilogramas, por que motivo é que uma cabeça — que sabemos ter tendência a ficar pesada — não haveria de pesar mais do que uma nuvem?

Adele olhou para o pé de Isaac Dresner.

— Reumatismo — disse ele. — Há dias, talvez da humidade, em que quase não consigo andar.

— Quer ajuda?

— Não é preciso. Tome, leia este livro. Foi escrito por Mathias Popa e chama-se *A boneca de Kokoschka*.

Adele pegou no livro e folheou as primeiras páginas.

— O livro — esclareceu Isaac Dresner — conta a história de Mathias Popa, bem como a da família Varga. Algo que lhe deve interessar.

— Como é que morreu?

— Quem, Popa?

— Sim.

— Como já lhe disse, foi qualquer coisa na cabeça, não sei precisar. Os mortos tendem a ficar todos iguais, mesmo na nossa memória. Não é só debaixo da terra que isso acontece. Mathias Popa escreveu um livro para, de certo modo, purgar o seu passado. Escreveu sobre mim, também: descreveu-me como um editor excêntrico que pretendia dar vida a coisas mortas, a homens estupefactos, de boca aberta para a vida. Cresci uns centímetros e tornei-me sinistro e húngaro. Coisa que nunca fui, nem quando vivi na Alemanha nazi. Mas, de facto, toda a história da família Varga parece verdadeira. Tão verdadeira que a tenho aqui à minha frente. Mas não chore.

— Não choro, é alergia.

— Também me acontece. Especialmente quando penso na minha mãe e nos meus pais. Tive dois ao longo da vida. Para ser mais preciso, um desses meus pais era um filho para mim. Não era o meu pai biológico, mas as relações não se constroem apenas com biologias. O mais triste foi saber que ele, o Sr. Vogel (comecei a tratá--lo assim ainda eu era um miúdo enfiado numa cave), morreu profundamente triste. Nos últimos anos de vida, ia às compras comigo e ficava a olhar para uma senhora que por lá aparecia. Tínhamos a mesma rotina que ela: às sextas fazíamos as compras para o resto da semana. Nunca percebi a fixação dele. Se ela não aparecia, por qualquer motivo, o Sr. Vogel ficava parado, a olhar para todo o lado, com a boca aberta. Amava aquela mulher, ou assim parecia, não era nada fácil perceber o que se passava dentro daquela cabeça. Tsilia sugeriu que eu escrevesse umas cartas de amor em seu nome. Não sei se foi da minha prosa, mas a tal mulher não só não respondeu às cartas como morreu. Pelo menos foi o que me disseram no supermercado. Quando o Sr. Vogel soube, sentou-se na sua cadeira de palhinha e expirou, morreu, muito quieto, sem incomodar ninguém. Ele era como um cristal numa loja de elefantes. Hoje, não posso olhar para essa cadeira sem ter um ataque dessa alergia que a menina sente. Já a limpei muito bem, mas sabe como são os ácaros e os pólenes.

Isaac Dresner pegou num lenço e limpou os olhos de Adele. Depois, limpou os seus à manga.

— Um mês depois de o Sr. Vogel ter expirado pela sua boca aberta — continuou Isaac —, apareceu aqui em casa um senhor, filho da condessa que não respondeu às cartas que enviei. Trazia dois envelopes que nos eram dirigidos. Disse que a mãe não teve tempo de os enviar, a morte é um grande inimigo da correspondência amorosa. Uma das cartas era para o Sr. Vogel, outra era para mim. Não me lembro de ler nada com tanta tristeza.

Isaac Dresner voltou a limpar os olhos enquanto se despedia de Adele Varga.

Epístolas da condessa

Sr. Bonifaz Vogel,

Li com muita atenção as suas palavras. Serviram-me de degraus, mas daqueles muito fáceis, aqueles que subimos como se descêssemos. Não sou uma pessoa nova, mas ainda consigo subir escadas para o céu. Em todas as outras ocasiões, uso o elevador. A nossa velhice atrai o tempo, ele passa por nós com mais intensidade, abrindo rugas ao deslizar pelo nosso corpo. As rugas são as feridas do tempo, por vezes tão fundas que chegamos a morrer de velhice. Por isso, foi com muita alegria que li a sua carta, Sr. Vogel. Ando sempre com ela na carteira, ao lado da fotografia do meu filho. Sabe-me muito bem subir escadas destas, ler palavras destas. Da próxima vez que me vir no supermercado, não deixe de falar comigo, não se acanhe. Nesta idade, perto do nosso fim do mundo, há que sair de dentro dos nossos corpos usados com uma alma totalmente despida.

Também reparei em si, com o seu ar espantado, como se visse o mundo pela primeira vez, com um chapéu de feltro na cabeça. Sinto-me mais viva quando sei que repara em mim, e calculo que o Sr. Vogel sentirá a mesma coisa ao ler estas palavras. São os outros que nos fazem viver, especialmente os que nos amam. Eu, de há uns anos para cá, andava a perder a nitidez. Foram as suas palavras que me devolveram alguns contornos.

Falaremos em breve, Sr. Vogel. Sua,

Malgorzata Zajac

Caro Isaac Dresner,

Não sou uma pessoa perspicaz, mas percebi claramente que foi o senhor o autor da carta que me foi dirigida — e assinada por Bonifaz Vogel. As pessoas falam demasiado nos supermercados. Sei quem o senhor é e sei o que faz. Tenho um sentimento ambivalente face à sua atitude. O senhor fez exprimir aquilo que o Sr. Vogel não saberia dizer, mas à custa de uma artimanha. Tenho uma coisa a dizer-lhe: apesar de o senhor parecer o mestre de uma marioneta, a verdade é outra. Foi Bonifaz Vogel que o fez falar. Saiba que a alma segue o corpo, obedece-lhe, não o contrário. A alma é um cão, sempre fiel à matéria mais bruta, mais ossuda. Os cães, tal como a nossa alma, perseguem os ossos. Veja o que diz a ciência sobre isso, sobre as nossas decisões. As experiências feitas neste campo dizem-nos que, quando uma pessoa decide levantar-se, começa a mexer os músculos — uma antecipação imperceptível — antes de ter, no cérebro, tomado a respectiva decisão. A nossa alma não é nenhum condutor de carruagens, é, isso sim, levada pelos cavalos e limita-se a comentar como a pedra que Espinoza atirou: vou cair ali no chão, diz a pedra. Todas as pedras que atiramos julgam que escolheram onde vão cair e, no seu trajeto, que é uma vida inteira, vão apontando para o seu percurso como se o tivessem decidido. Temo que, nesta história de amor, o senhor seja a marioneta mais evidente. Lembre-se de que nós, almas, vamos atrás do corpo presos a uma trela.

Apesar de tudo, agradeço-lhe as palavras que me escreveu, palavras que, como lhe disse, pertenciam a Bonifaz Vogel. O seu papel foi extrair, do corpo do seu pai (é seu pai, não é?), uma carta que ele já tinha escrito dentro de si mesmo. Mas a caneta de Bonifaz Vogel não é de tinta, é de sangue.

Os melhores cumprimentos, Malgorzata Zajac

Ligeiramente expulsa da gaiola

O mundo é muito mais compacto quando não sabemos o que se passa à nossa volta. É uma coisa portátil que carregamos connosco para onde quer que andemos. Por outro lado, quando se revela para lá de esquinas, quando tem uma paisagem, torna-se um lugar difícil de suportar. Demasiado grande para a gaiola onde vivíamos. São assim todas as descobertas, medonhas. Adele Varga, ao sair da casa de Isaac e Tsilia com um livro nas mãos, era um pássaro ligeiramente expulso da gaiola. Caminhou um pouco com os braços abertos (como um pássaro acabado de ser expulso do seu paraíso de grades), tentando não pensar em nada. Subiu as escadas do seu apartamento com um cansaço derradeiro, sempre apoiada no corrimão. A noite chegou depois do seu dia cansativo. Sentou-se no sofá, ligou a televisão e voltou a desligá-la, acabando por adormecer. Acordou a meio da noite com uma dor no pescoço e irritada consigo por se ter deixado adormecer no sofá. Bebeu um copo de sumo e deitou-se na cama.

Levantou-se cedo no dia seguinte, apanhou o metro para casa da avó.

A horizontalidade:
a cama é, por excelência,
a nossa última porta

A horizontalidade é um dos maiores sintomas da morte, lugar onde tudo se mistura. A verticalidade mostra exatamente o oposto. É por isso que nos impressiona uma flor a nascer, a despontar, e ficamos desiludidos com as abóboras, os melões, as cobras e os lagartos, que se estendem pelo chão, na modorra, em vez de crescerem para o alto, como os espíritos mais ousados. Uma árvore deitada está morta, não está a dormir, e os animais, quando dormem, experimentam o sabor do acabamento. A horizontalidade é o triunfo da morte, e o Universo, apesar de redondo, é horizontal. A Terra é mais ou menos esférica, mas o que se vê, quando se olha, é o horizonte. Talvez por isso o sexo esteja sempre tão próximo da morte, por ser tão horizontal na sua maneira de estar. Santo Agostinho, ao juntar a morte ao sexo, ao pecado original, vislumbrava a morte a ser transmitida pelo DNA, a ser misturada na cama, que é onde se dorme e onde se morre com grande frequência. Porque no nosso DNA há uma ordem que diz para morrermos. E isso é comunicado, de preferência, na horizontal.

Anasztázia estava nessa posição paradoxalmente confortável, a mais cómoda, a da morte: estava na horizontal, na cama, que é, por excelência, a nossa última porta.

Adele entrou no quarto da avó, despiu o casaco e pousou-o nas costas da cadeira. Anasztázia Varga olhou para a neta, com os olhos magoados pela velhice, e mandou-a sentar-se. Adele obedeceu e segurou-lhe a mão.

— Se tiver sorte, Adele, morro com o corpo e com a alma ao mesmo tempo. Um dos irmãos da minha mãe partiu deste mundo completamente desfasado. O corpo ficou na cama, vazio, abandonado. Aconteceu o mesmo com o cardeal que vivia no primeiro andar. Parecia um galho seco.

Anasztázia era uma bela adormecida, que, em vez de esperar um beijo que fosse um despertador, um beijo matinal para acordar, esperava um beijo definitivo. Esperava Azrael, que é o príncipe mais arrebatador, o do beijo letal, um comprimido para dormir eternamente eficaz.

É muito cansativo ter um passado tão grande. Quanto mais envelhecemos, mais o Mal se mistura com o Bem. Um momento de felicidade, quando acaba, transforma-se num drama; e uma tragédia, quando acaba, transforma-se numa felicidade. Tudo misturado. É muito difícil separar as coisas com clareza. É o contrário do que se diz: a velhice não traz clareza nenhuma. Os óculos que usamos para os olhos não têm equivalente para a alma. As memórias ficam desfocadas, o Bem e o Mal misturam-se. Os anos são uma batedeira elétrica para a moral. É como a guerra, tudo misturado. Anasztázia sonhava com Eduwa, com as suas lágrimas, com o seu sorriso absolutamente franco, com a sua timidez, com a sua bondade; sonhava com momentos inesquecíveis, de imensa felicidade, fabulosos, e sofria porque ele sofrera. Sonhava com Mathias Popa e com o modo como a paixão mudou a sua vida, como se entristeceu pela vida fora, como viveu um êxtase só comparável ao momento em que agarrou no seu filho recém-nascido, como esse filho a desiludiu quotidianamente e como o amou quotidianamente. O Bem e o Mal misturados. Como no pôr do Sol de Adele Varga, que traz a ameaça da malária. Nessa altura do dia, as coisas todas misturam-se, as sombras e a luz.

Adele apagou o candeeiro quando a sua avó adormeceu (naquela posição tão mortal como é a horizontal). Foi para a sala, abriu a mala e tirou o livro *A boneca de Kokoschka*. Abriu-o na primeira página e leu em silêncio:

Capítulo
— 1 —

Anasztázia Varga, avó de Adele, era filha de um húngaro excêntrico e milionário (ou vice-versa), que era pai de mais de cinquenta filhos, apenas oito legítimos, chamado Zsigmond Varga.

Mal acabou de ler o livro *A boneca de Kokoschka*, Adele Varga apareceu em casa de Isaac Dresner. Tsilia abriu a porta

— O meu marido já vem — disse ela. — Tenho muita pena que o seu avô tenha morrido. A vida tende a acabar, especialmente com o passar dos anos. Se há algo que não resiste ao tempo, é a vida. Conheci-o e lembro-me de um homem amargo mas bondoso. O que é inusitado se pensarmos no seu passado e em tudo o que viveu. Quando o vi pela primeira vez, tive a sensação de que o conhecia. Uma coisa inexplicável. Nós, que sobrevivemos a quatro mil toneladas de bombas, ficámos com a memória estragada.

— Hoje estou um pouco melhor do pé — disse Isaac ao entrar na sala.

Adele sorriu e disse:

— É muito curioso que ele, Mathias Popa, tenha escrito este livro antes de eu nascer e tenha imaginado uma neta. É muito mais impressionante que essa neta tenha o mesmo nome que eu. Como é que é possível?

— Sabe, Menina Varga, isto que tenho aqui em cima da mesa é um baralho de cartas. Se eu o baralhar e lho passar para as mãos, a menina não vai esperar ver o ás de espadas seguido do dois de espadas, do três de espadas, do quatro de espadas, do cinco de espadas, do seis de espadas, do sete de espadas, do oito de espadas, do nove de espadas, do dez de espadas, do valete de espadas, da dama de espadas, do rei de espadas. Seguidos do ás de ouros, do dois de ouros...

— Sim, já percebi. Não estava baralhado.

— Estava. Essa era a condição inicial. Eu disse que, se lhe desse um baralho devidamente baralhado, a menina não esperaria encontrá-lo assim. No entanto, as hipóteses de ele aparecer nessa figura são tantas quantas as de aparecer noutra figura qualquer. As outras, achamos que estão baralhadas, mas, com essa configuração, achamos que não. Isso deve-se a crermos haver apenas umas poucas de maneiras de organizar um baralho. Também não seria considerado baralhado, por exemplo, se aparecessem os ases todos juntos, seguidos dos dois, dos três, dos quatros, dos cincos, dos seis, dos setes, dos oitos, dos noves, dos dez, dos valetes, etc. Algumas disposições têm significado para nós. Por isso achamos que não podem ser obra do acaso. Cremos que houve batota envolvida. Quando as cartas aparecem sem uma disposição identificável, nós dizemos que está baralhado. O acaso interveio. Mas isso sucede porque aquela sequência particular, aquela que dizemos estar bem baralhada, não significa nada para nós. Mas o facto de não significar nada para nós não quer dizer que não esteja tão organizada, segundo padrões que desconhecemos, quanto a primeira sequência de que falámos, a do ás de es-

padas, seguida do dois de espadas, do três de espadas, do quatro de espadas, do cinco de espadas, do...
— Do seis e etc. Mas o que é que isso explica?
— Por vezes, o baralho traz uma sequência identificável, que nós conseguimos compreender. Dizemos que é significativa, que é uma coincidência, mas é apenas algo que a nossa mente explica e estabelece relações. As outras são igualmente significativas, mas demasiado complicadas para cabeças como as nossas. A menina chamar-se Adele Varga no livro *A boneca de Kokoschka* pode ser isso mesmo: um baralho que veio numa sequência identificável. Acontece, Menina Varga. Ou então foi a sua avó que convenceu o seu pai a dar-lhe esse bonito nome. O nome que Popa tinha escrito no livro. Se foi esse o caso, esqueça os baralhos de cartas. Só servem para complicar.

Oracular: as nossas vidas imitam a arte

— Enviei o livro à sua avó, com um cartão pessoal. Julgo que ela, apesar de saber que Mathias Popa era seu sobrinho, não se importava. Ou então não achava importante. O incesto já não é o que era. Tinha aquelas memórias e não queria manchá-las com coisas tão mundanas. Ela deve ter lido o nome que Popa deu a uma hipotética neta e, calculo, achou que o nome escolhido para o romance ficaria bem na vida real. Depois foi esperar pela coincidência de, face à morte, a menina procurar o amor. Sabe que nós imitamos a arte, como disse Wilde. Não é ao contrário. Um livro é feito de arquétipos, e nós, pessoas, limitamo-nos a fazê-los cumprir. Foi o que a menina fez: correspondeu à literatura e fez o seu trabalho. Procurou nas memórias da sua avó e veio aqui ter. Leu sobre a família do seu bisavô (que é a sua) e a única coisa que poderá levar a uma avó moribunda é esta história que, suspeito, ela já conhece. Ou a menina não teria o nome que tem. Em todo o caso, talvez ela não saiba que Popa morreu.

Mas, se a menina o revelar, estimo que a sua avó não acredite. Sabe, o seu avô não é o Mathias Popa que eu conheci. Ou melhor, é e não é. Tenho a certeza de que o Mathias Popa que faz parte das memórias da sua avó é muito diferente do Mathias Popa que eu conheci. Teríamos de juntar os dois para o perceber melhor. Juntar camadas sobre camadas como faz a minha mulher a pintar. O Mathias Popa da sua avó é uma invenção da sua avó, um Popa aperfeiçoado, mítico, provavelmente mais alto. Esse Popa não morre, ou melhor, morre com a sua avó. Um ângulo, que é disso que o mundo é feito: de ângulos sobrepostos.

Isaac cruzou as pernas com algum esforço.

— É curioso — disse Adele — que, no livro, eu acabe por me apaixonar por um músico.

— Não há nada mais profético do que a literatura.

— Ao som de uma música chamada *Tears*.

— Oracular.

A questão
do melro

Isaac foi buscar uma garrafa de uísque e beberam aos mortos. Depois adormeceram no sofá.

De repente, Isaac Dresner acordou e agarrou-se ao vestido de Adele.

— O melro.

— Que é isso do melro?

— Preciso de um uísque. Eu, quando era miúdo, fui apenas uma voz, uma coisa sem corpo debaixo da terra. Esqueci-me da claridade e do mundo e um dia saí daquela caverna e vi a luz do dia, a mesma de que Platão fala. Estava no meio de uma loja de pássaros. De canários que eram pardais pintados de amarelo, desbotados; de bengalins mosqueados, de conures e de cabeças-de-ameixa. E lá fora estavam os restos do mundo, o que sobra da guerra, e em cima do que restava do mundo estava um melro. Dei a mão ao Sr. Vogel e, enquanto olhava para o melro, um soldado veio falar comigo. Já não era um homem, aquele soldado, era mais um despojo do mundo, como um resto de comida. Via-se bem nos olhos dele que lá dentro, dentro dele, estava um vazio aberto com bombas. Sabe, Menina Varga, quando um homem vive, faz assim: conhece todas as assoalhadas da sua casa. Todas. Vai abrindo porta atrás de porta até restar apenas uma. E pensa que já só falta aquela assoalhada. Por isso é que há aqueles cientistas que dizem que basta explicar não sei quê para saber tudo. É a assoalhada deles. Todos nós conhecemos a casa onde habitamos, porta atrás de porta. Quer mais uísque? E, dizia eu, falta apenas uma porta. Um dia, cheios de coragem, resolvemos abri-la. Só falta uma assoalhada. E então deparamo-nos com algo insólito: a porta não dá para assoalhada nenhuma, a porta dá para a rua. Está a ver? Para a rua! E essa rua está cheia de casas cheias, por sua vez, de assoalhadas. Eu, no outro dia, abri essa porta e fiquei ali parado durante minutos. Foi como quando abri o alçapão e subi para a loja de pássaros e depois para a rua. Aquilo era um novo mundo. Como é que nunca tinha visto aquilo? Um mundo inteiro com árvores e tudo, um lugar onde se voa fora de gaiolas. As minhas pernas começaram a tremer e até cheguei a vomitar. Fechei a porta com força, mas tinha entrado um melro. O mesmo melro que vira em miúdo. Este que você não vê.

— Não vejo.

— Está mesmo aqui. — Apontava para o ombro esquerdo. — Isto é aquele mundo. Se um dia perceber este pássaro, percebo aquela paisagem. É a maior assoalhada que um homem pode desejar, com campos verdes e árvores. Quando era miúdo, aquilo era um mundo devastado, mas no outro dia, quando abri a porta, era um sítio bonito como aquelas gravuras das revistas dos jeovás. A única porta que nos falta abrir no nosso apartamento é a da rua. Lembre-se disso, Menina Adele, lembre-se disso. Agora vou contar-lhe quais foram as últimas palavras do seu avô. Ou melhor, não foram bem as últimas, mas andaram lá perto.

Últimas palavras de Mathias Popa. Ou melhor, não foram bem as últimas, mas andaram lá perto:

— Espero que goste do livro — disse Mathias Popa. — Estou neste momento a caminhar em direção à minha morte. É o que todos fazemos, mas eu já estou a ver a curva na estrada, muito bem sinalizada por vários médicos. Uma coisa na cabeça, dizem que é isso. Eu sinto-a pesada, mas deve-se a certas memórias que me assombram. A nossa cabeça é um mundo de fantasmas e não há neurocirurgião capaz de operar superstições. Deviam substituir a mesa de operações por uma mesa de ouija. Sabe como é que eu soube que ia ser pai? Uns meses depois de ter deixado Anasztázia, procurei-a. Tinha ido tocar a Paris e decidi que haveria de falar com ela. Uma garrafa de uísque ajudou-me a ter alguma coragem. Quando bati à sua porta (ela não estava), apareceu-me uma criada, daquelas que falam muito, que me contou a história dela: tinha-se apaixonado por um homem sem escrúpulos que a deixara grávida. Fiquei sem saber o que fazer, por isso não fiz nada. Voltei a Paris no ano seguinte para me sentar em frente à creche do meu filho a vê-lo brincar. Eu tocava violino junto às grades e as pessoas davam-me umas moedas. Tocava para ele, tocava tudo o que sabia. Era a minha maneira de o educar. Não o poderia abraçar, porque eu sou um selvagem. Sou um Midas ao contrário, uma mitologia do avesso. Por isso tocava todas as músicas que constroem o meu mundo. Tocava para ele e ficava todo arrepiado sempre que o via a olhar para mim, para o bêbedo violinista. Quando ele foi para a escola, lá andava eu, a tocar músicas na rua. Tocava a minha alma toda e ele ouvia-a. Mas nunca o abracei, nunca lhe toquei. Era como um fantasma, destes que são inoperáveis e que dão cabo de nós. Ainda estou a tempo de o abraçar, dirá, mas tenho medo. Tenho medo de o esperar à saída do escritório (ele é advogado, anda uma pessoa a não criar um filho para isto) e ser ignorado. Eu tenho muitas assombrações, mas tenho medo de perceber que não passo de um sujeito invisível, imaterial, um fantasma igual aos que me povoam. Já nem toco para ele. Tenho medo de me sentar com o meu violino, ou mesmo um saxofone, e vê-lo passar por mim sem me dar uma moeda. Estou neste momento a caminhar para o meu túmulo e já não tenho melodias para tocar. Cheguei ao fim, sem ninguém para me ouvir. O livro que lhe entrego é um último suspiro. Espero que goste. Até sempre, Sr. Dresner. Encontramo-nos no infinito, como fazem as retas paralelas.

Tudo a óleo ou a acrílico

— Quer mais um uísque, Menina Varga?
— Não. Tenho de me ir embora.
Tsilia pintava, parecia muito concentrada.
Adele Varga pegou no seu casaco e saiu. Isaac Dresner ficou a olhar para ela. Tinha uns passos decididos, mas era daquelas pessoas que parecem sempre infelizes, mesmo quando se riem.
— Por que motivo contaste essa história? — perguntou Tsilia.
— Não sei — respondeu Isaac. — Improvisei esta história pois achei que ela gostaria de a ouvir. Tentei mitificá-lo, ao Popa, tal como ele fez comigo, usando frases que ele poderia ter dito. Não gosto de pensar num Mathias Popa que vivia no Cairo na altura em que o filho nasceu, num Mathias Popa que desprezou o filho quando soube, em Paris, que iria ser pai. E julgo que este Popa que se sentava na creche a tocar para o filho que não conseguia abraçar, também era o Mathias Popa. Porventura, um Popa ainda mais real.

Ele não era indiferente aos afectos, a prova é que conhecia detalhadamente toda a história da sua família, da sua mãe, do seu avô, de Anasztázia... Ele parecia imune a qualquer tipo de afecto, mas acho que era só uma questão de portas e assoalhadas. Ele nunca abriu a porta da rua. Dizia muitas coisas com frases monumentais, mas vivia encolhido a um canto. Tu deves compreender isto melhor do que ninguém. Tens a visão do Eterno, vês o mundo cheio de camadas de tinta, de ângulos sobrepostos.

Tsilia parou de pintar com um ar aborrecido.

— Vou dormir — disse.

— A visão do mundo não é apenas o que vemos — disse Isaac, perseguindo-a até ao quarto —, é também o que imaginamos. O tempo não é uma seta do passado para o futuro, o tempo tem muitas dimensões, tal como o espaço. Anda para a frente, anda para trás, mas também vai para os lados, da esquerda para a direita e da direita para a esquerda, e na vertical, de cima para baixo e de baixo para cima. O Mathias Popa que eu descrevi a Adele existe num tempo vertical, um bocadinho ao lado, talvez à esquerda, apesar de não existir na nossa seta passado/futuro. Enquanto não virmos o tempo com todas as suas dimensões, não vemos nada. Nem com todos os ângulos da tua pintura, Tsilia, nem com esses ângulos todos.

— Os meus ângulos são todos os ângulos. Um quadro dos meus tem todas as perspectivas. Também inclui as fantasias. E até o inimaginável. É do inimaginável que se faz a arte. São as perspectivas mais densas, as primeiras, as que servem de base às outras, às visíveis. Eu podia explicar-te o mundo, mas é tão difícil. É por isso que eu pinto, é a única maneira que tenho de mostrar todas as fatias da realidade e todas as fatias da ficção (que é muito mais extensa do que a realidade, infinitamente mais extensa). Tudo a óleo ou a acrílico. Eu sou uma judia com chagas, eu sou uma série de ângulos sobrepostos, de realidades umas em cima das outras, religiões misturadas, tão misturadas que me fazem sangrar. Sou um ser humano pisado por inúmeras perspectivas, avassaladoras. Apaga a luz quando saíres.

Miro Korda em
Paris (outra vez)

NIETZSCHE DISSE QUE, SEM MÚSICA, A VIDA SERIA UM ERRO. E CIORAN DISSE QUE, SEM BACH, DEUS SERIA UMA FIGURA COMPLETAMENTE SECUNDÁRIA.

Procurou a mesma pensão onde ficava sempre, mas não havia vagas. Decidiu dormir na estação de comboios para poupar dinheiro, mas cerca da meia-noite puseram-no fora, pois a estação ficava fechada a partir de determinada hora. Percebeu que o frio era demasiado vasto. Caminhou uns bons quarteirões e deitou-se num nicho de uma montra de pronto a vestir. Foi acordado pela polícia e andou mais uns quarteirões. Aninhou-se junto a um portão, mais por cansaço, mas foi acordado por um camião a querer sair, poucos minutos depois de ter adormecido. Levantou-se meio perdido e caminhou mais uns quarteirões. As luzes e o frio misturavam-se e ele começou a pensar em procurar um hotel mais caro. Com certeza teriam lugares.

Acabou por encontrar uma boca de metro de onde saía um calor sincero e sentou-se ao lado dos mendigos (eram imensos) que por lá se deitavam. Sentiu-se numa estância balnear muito longe de Cancun. No entanto, ele tinha condições mais duras do que os outros turistas: era o único desprovido de jornais e cartões.

Só não sou um vagabundo porque não tenho habilitações, pensou Korda.

Ficou sentado durante uns momentos, a aquecer-se, e adormeceu assim mesmo, mal sentado, com um fio de baba a prender-lhe a cabeça ao peito. Quando acordou, de madrugada, dirigiu-se até ao bar onde tocaria à noite. Por simpatia deram-lhe um quarto que tinham vago no segundo andar. Korda agradeceu e subiu as escadas. Dirigiu-se à casa de banho e viu ao espelho um Miro Korda diferente, mais velho. Penteou as sobrancelhas com os polegares, num gesto simétrico.

Durante três dias tocou o melhor que sabia, acompanhado por um pianista e por um contrabaixista. O pianista era um virtuoso, italiano e gordo, muito grande, quase gigante, que estava sempre a limpar o suor da testa e do rosto com um lenço branco. Fumava sem parar e Korda sentiu uma grande empatia mal o conheceu. O contrabaixista era uma espécie de mendigo com óculos de massa, que, durante os intervalos das atuações, bebia água gaseificada e não falava com ninguém.

— Ouve isto, Korda — disse o pianista com um livro na mão —, foi escrito por Pieter H. Grunvald: "O piano não é apenas um instrumento teológico. Para quem sabe, é possível fazer dele um instrumento musical. Mas é a primeira faceta, a da teologia, que mais me interessa. E sobre este assunto nem me vou alongar nas teclas brancas e pretas, esses ébano e marfim maniqueístas, *yin* e *yang* musicais, nem no facto de o piano ou ter cauda como o Diabo ou ser vertical como o Homem (que não passa dum demónio sem cauda). Desmond Morris dizia que o Homem é um macaco sem pelos enquanto o divino Platão dizia que o homem é um bípede sem penas. Mas a mais precisa definição biológica/teológica do Homem é a do mafarrico sem cauda. Pirandello diz que a alma é um pianista talentoso e o cérebro é um piano. E é por isso, diz ele com inspiração da Blavatsky, que um homem senil ou imbecil mantém uma alma incorrupta e perfeita. Um homem senil é um pianista a tocar num piano desafinado ou estragado. É por isso que, do Homem, saem ruídos grotescos em vez de belas harmonias. Pirandello afirma que é o declínio, ou deficiência do corpo, o responsável pela manifesta falta de faculdades da alma. A minha dúvida prende-se com o pianista. Será que todo o pianista (a alma) é talentoso?".

— Eu não posso discordar mais — disse Korda. — Na minha opinião, essas separações do corpo e da alma são boas para vender livros de autoajuda. Para mim, o piano e o pianista são a mesma música. Não se distinguem, não são objetos cartesianos. Com que música começamos a atuação?

O fim

Adele sentou-se ao balcão e pediu um *manhattan*. Meteu a cereja na boca e Korda não pôde deixar de reparar: estava ali um acorde de nona, seguido de uma sétima maior. Levantou-se, deixando o pianista com os seus cigarros, passou os polegares pelas sobrancelhas e sentou-se no balcão, ao lado de Adele.

Não disse nada porque lhe faltavam as palavras. Ela nem reparou que havia um homem ao seu lado e continuou a beber o *cocktail* enquanto pensava na avó.

Korda perguntou-lhe as horas e disse:

— Acho que a conheço de algum lado. Tenho essa sensação.

— Claro — disse ela, farta de ouvir aquilo. Mas, quando olhou para ele, sentiu a mesma coisa.

— Vou tocar agora — informou Korda, apontando para o palco com o polegar.

— É músico?

— Sou. Quer que toque alguma coisa especial?

— Pode tocar uma música chamada *Tears*?

— Do Django? Claro. Gosta dessa música?
— Para ser sincera, não a conheço. Mas sinto que devo forçar o destino.

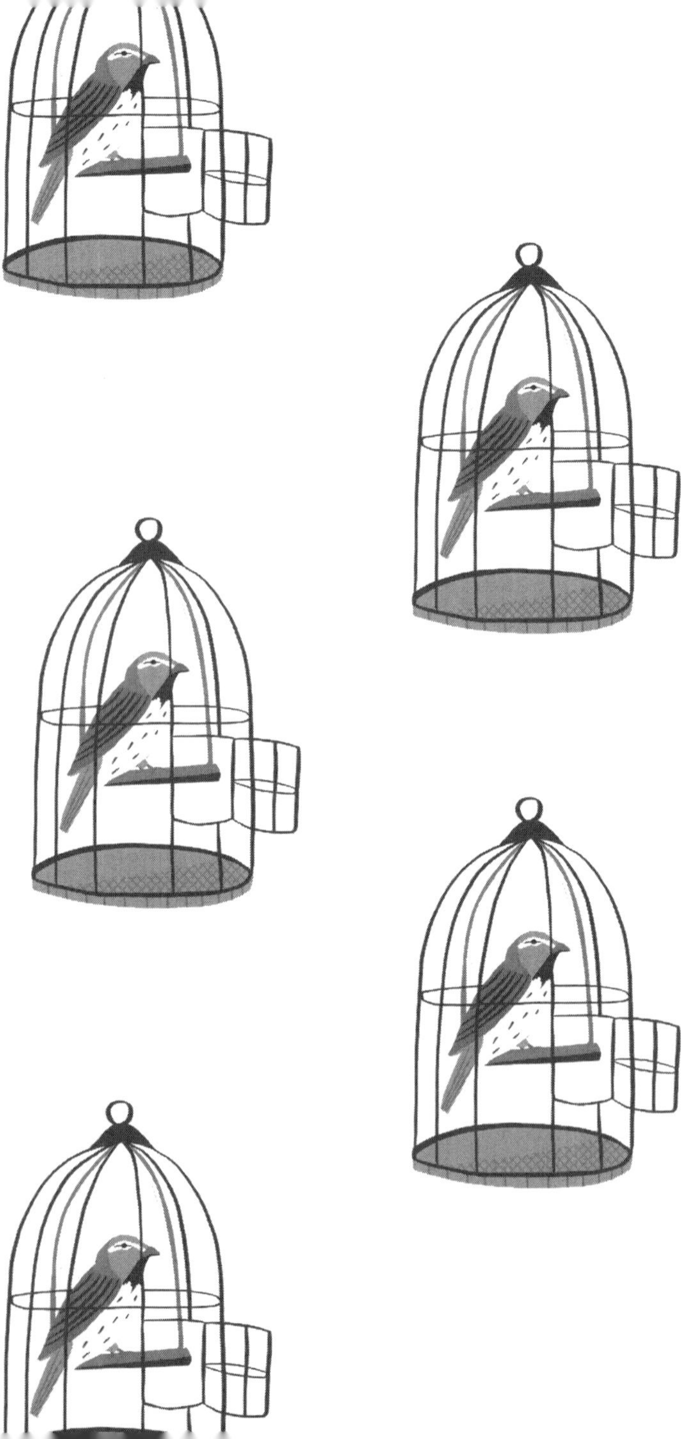

Copyright © 2010 Afonso Cruz
Publicado em Portugal pela Companhia das Letras Portugal, 2018
O autor é representado pela Bookoffice (en.bookoffice.booktailors.com)

Revisado segundo o Novo Acordo Ortográfico da Língua Portuguesa.
Nos casos de dupla grafia, foi mantida a original.

CONSELHO EDITORIAL
Eduardo Krause, Gustavo Faraon, Nicolle
Garcia Ortiz, Rodrigo Rosp e Samla Borges

PREPARAÇÃO E REVISÃO
Rodrigo Rosp e Samla Borges

CAPA E PROJETO GRÁFICO
Luísa Zardo

ILUSTRAÇÕES INTERNAS E FOTOS
Afonso Cruz

FOTO DO AUTOR
Arquivo pessoal

**DADOS INTERNACIONAIS DE
CATALOGAÇÃO NA PUBLICAÇÃO (CIP)**

C957b Cruz, Afonso.
A boneca de Kokoschka / Afonso Cruz.
— Porto Alegre : Dublinense, 2021.
288 p. ; 19 cm.

ISBN: 978-65-5553-026-1

1. Literatura Portuguesa. 2. Romance
Português. I. Título.

CDD 869.39 • CDU 869.0-31

Catalogação na fonte:
Ginamara de Oliveira Lima (CRB 10/1204)

Todos os direitos desta edição
reservados à Editora Dublinense Ltda.
Porto Alegre • RS
contato@dublinense.com.br

Descubra a sua próxima
leitura na nossa loja online

dublinense .COM.BR

Composto em MINION PRO e impresso na PRINTSTORE,
em AVENA 80g/m², no INVERNO de 2024.